di Daria Bignardi

nella collezione Oscar
Non vi lascerò orfani

nella collezione NumeriPrimi°
L'acustica perfetta
Un karma pesante

DARIA BIGNARDI

L'ACUSTICA PERFETTA

MONDADORI

Edizione speciale Mondadori settembre 2014

ISBN 978-88-04-64618-1

Questo volume è stato stampato
presso ELCOGRAF S.p.A.
Stabilimento - Cles (TN)
Stampato in Italia. Printed in Italy

www.librimondadori.it

L’acustica perfetta

A Stefania Raya, splendente

I'll find a way to see you again

RACHAEL YAMAGATA

1

Ho amato nella vita una donna sola: quando mi lasciò, non la rividi per sedici anni.

La sera che la ritrovai pioveva, avevo vegliato un cadavere tutta la notte ed ero stanco. Se uno stormo di gabbiani sulla pista non avesse ritardato la partenza del mio volo non l'avrei più incontrata.

C'erano troppe persone in attesa di un taxi, ed ero stato tentato di seguire uno degli autisti senza licenza che abbordano i viaggiatori bisbigliando «taxi per fuori Milano». Poi mi ero ricordato di quando Massimo aveva preso una di quelle auto abusive e si era trovato in tangenziale «seduto sopra un sedile sfondato coperto di peli di cane, con un tizio inquietante che mi fissava dallo specchietto retrovisore: gli ho dato i soldi che mi ha chiesto senza fiatare, anche se era il doppio del solito, temendo che mi menasse e mi desse in pasto alle Bestie di Satana».

Per lui, noi continentali siamo tutti inquietanti.

Stavo tornando dal funerale di suo padre: era morto d'infarto due giorni prima, in un cantiere di Porto Torres.

Dopo la pausa di mezzogiorno era scomparso: i suoi operai l'avevano cercato per tutto il pomeriggio finché uno era entrato nel bagno chimico e l'aveva visto riverso sul pavimento. Aveva cinquantatré anni. Quando Massimo me l'aveva detto, al telefono, non avevo potuto fare a meno di immaginare quel cesso angusto e chiedermi se l'avessero rinvenuto coi pantaloni calati.

Anche il nonno di Massimo era mancato «a soli cinquantatré anni», come aveva sottolineato quella mattina il parroco di Aggius, durante la messa funebre. Nessuno si era mosso, ma in quel momento tutti gli sguardi si erano rivolti ai fratelli Sanna: tra loro, Massimo sarebbe stato il primo a raggiungere i cinquantatré, anche se mancavano ancora vent'anni.

Si era girato verso di me stirando l'angolo della bocca in una smorfia che sapevo essere un piccolo sorriso e dal banco dietro avevo osservato il movimento d'ascella che facciamo noi maschi quando ci tocchiamo i coglioni.

Non è mai stato superstizioso: quel toccamento era a mio beneficio, per sdrammatizzare una situazione che in realtà era drammatica soprattutto per lui. Massimo fa così.

Quella sera, in coda per il taxi, stavo ripensando alla strana giornata che avevo vissuto, alla veglia notturna, a tutto tranne che a Sara. Non la vedevo da sedici anni. Sognavo di incontrarla dal giorno che mi aveva lasciato e fantasticavo sarebbe successo a un mio concerto: avrei alzato lo sguardo dopo un assolo perfetto e sarebbe stata là.

Non mi sarei mai aspettato di ritrovarla in quell'aeroporto grigio, in una sera di pioggia. Eppure la cosa che non avrei mai potuto immaginare non fu quel che successe – quello era scritto – ma ciò che accadde tredici anni dopo. Se qualcuno me lo avesse predetto, gli avrei riso in faccia.

Lei invece sembrava che sapesse tutto. Come se mi stesse aspettando.

2

Avevo cercato di non piangere, quando mi aveva lasciato. Nel giardino di suo zio, a Marina di Pietrasanta, era comparsa una vecchia 127 bianca, col baule e gli sportelli spalancati: era arrivata la madre di Sara per riportarla a casa, a Genova. La sentivo dentro la villetta gialla: «Dove butto la sabbia del gattooo?». Sara era ospite della sorella ricca di sua madre, Marta, moglie del dottor Bonfanti.

Quel giorno ero arrivato a casa loro col fiatone, correndo per salutare Sara che partiva, proprio mentre lui usciva dal cancelletto del giardino con uno scatolone tra le braccia. Ero andato a sbattergli addosso, e per la prima volta mi aveva sorriso. Gli avevo detto qualcosa come "scusi, buongiorno, buonasera...", ma si era allontanato senza rispondermi e forse senza nemmeno vedermi.

Dopo, le infinite volte che avevo ripensato a quel pomeriggio chiedendomi cosa avrei potuto dire o fare per convincere Sara a non lasciarmi, mi ero domandato dove andasse a quell'ora il dottor Bonfanti e cosa ci fosse dentro la scatola. Di solito veniva in spiaggia solo al tramonto, vestito in un modo che a me, abituato alle magliette sformate dei miei genitori, sembrava di inconcepibile eleganza: camicia azzurra, calzoni di lino chiaro, Superga bianche e panama in testa. Scendeva lungo la passerella del Bagno Vela e il bagnino si precipitava a portargli alla tenda, la prima davanti al mare, un secchiello con una bottiglia e due bicchieri in ghiaccio. Sua moglie Marta beveva con lui, fumando sigarette bianche, fino a che il sole spariva dentro al mare. Quell'aperitivo al tramonto era un'abitudine eccentrica in quegli anni, un lusso trasgressivo che mi incuteva un'ammirata soggezione.

Sara spesso la sera non cenava: le bastavano le olive e i cubetti di focaccia avanzata dal mattino che guarnivano l'aperitivo del dottore. Se aveva ancora fame, qualche volta si prendeva da sola un gelato dal freezer. Il Bagno Vela era la sua seconda casa, anzi la prima: rimaneva in spiaggia fino all'ultimo barlume di luce, con addosso il costume ancora umido dei mille bagni in mare.

Appena finivo di mangiare con mia nonna, prendevo la bicicletta e mi precipitavo a cercarla. La trovavo che faceva la doccia all'aperto, da sola, nella semioscurità, oppure seduta a gambe incrociate in riva al mare, con le spalle rivolte alle onde, intenta a osservare i profili delle Apuane che diventavano viola e poi scomparivano nel buio.

Sara ha sempre amato la natura, è l'unica cosa in cui non è cambiata, ma nel tempo ho capito che il suo è un amore ossessivo, estremo. Come se nei tramonti, nei cieli, tra le nuvole, cercasse l'assoluto che gli umani non potevano darle. Allora non me ne rendevo conto, ma Sara è sempre stata ostinatamente alla ricerca di qualcosa, come se la vita da sola non le bastasse.

Quella domenica pomeriggio, mentre sua madre continuava a gridare domande alle quali nessuno rispondeva e noi davamo la caccia al gatto, mi lasciò.

Me l'aveva detto così, come fosse un dettaglio marginale, mentre afferrava Nero e lo infilava nella gabbietta: «Arno, non sono più la tua ragazza».

Ero andato a sedermi sotto uno dei quattro pini in fondo al giardino, con la schiena appoggiata al tronco, i gomiti puntati sulle ginocchia e i pugni sotto al mento. Dovevo ancorarmi per non tremare o cadere svenuto. Il tronco mi grattava la schiena nuda e sudata e gli aghi di pino secchi mi pungevano attraverso il costume da bagno, ma era nulla in confronto al male che sentivo dentro: per la prima volta in vita mia capivo il significato dell'espressione "avere il cuore spezzato".

Sara mi raggiunse e si accovacciò di fronte a me con una pigna in mano. «Chiudi gli occhi, annusa» mi disse avvicinandomela alle narici. Sentii prima il profumo della resina e poi la pressione di un bacio sopra ogni palpebra. Ci mise un'eternità a passare da una palpebra all'altra. Con imbarazzo mi ero sentito crescere un'erezione impossibile da occultare nel costume da bagno e avevo deciso di non riaprire gli occhi mai più. Col cuore che scoppiava e il pisello che pulsava, riuscii a dirle soltanto: «Perché non vuoi più che stiamo insieme?».

Avevo quindici anni ed ero l'unico della compagnia senza motorino, ma lei aveva scelto me, quell'estate. Era la ragazza più bella che avessi mai visto, e stava con me.

«Mi piacciono gli amori infelici» aveva risposto. Ci ho messo trent'anni a capire che lo pensava davvero.

3

Che ora sarà? Ho sonno, è prestissimo, che mal di testa quell'amaro di merda, non dovevo accettarlo. Dov'è Sara? Si sarà alzata all'alba, fa così quando litighiamo: non dorme. È buio, il portinaio sta trascinando fuori dal cortile i bidoni della spazzatura, segno che non sono ancora le sei. Non voglio guardare l'orologio, voglio riaddormentarmi. Servirebbe un'altra coperta, ma se mi alzo mi sveglio: a che ora accendono i termosifoni, sei e mezzo? Fa freddo per essere solo novembre.

Ieri sera non ci siamo detti niente, non ce n'era bisogno, ma è riuscita a rovinare la serata con una sola frase. Un tempo non ci facevo caso, abbozzavo, ma dopo quasi quattordici anni insieme sto esaurendo la pazienza. Sarà in cucina, in piedi davanti al tavolo con la sua tazza di caffè in mano, a parlare con Graffio. «Sei il più buono della famiglia», l'ho sentita dirgli ieri mattina, mentre lo accarezzava con tanta forza che volavano peli dappertutto. A Graffio, che non si chiama così per caso. Quando io non ci sono lo lasciano salire sul tavolo a crogiolarsi sotto la lampada accesa. Se mi alzo dopo le otto e loro sono già usciti lo trovo acciambellato sopra la tovaglia, tra briciole e tazze sporche di latte che non hanno lavato per non disturbarmi. Quando sente aprirsi la porta della cucina alza il muso, abbassa le orecchie e finge di non guardarmi: sa che non voglio che stia lì, dove mangiamo. Lui lo sa chi comanda in famiglia.

La nostra camera da letto è separata dalla cucina solo da un bagno, se la sera prima ho suonato non devono disturbarmi e cercano di fare piano. Li sento comunque, se litigano sottovoce o ridacchiano o si lagnano con Sara: non glielo direi mai, ma in realtà il suono delle loro voci al mattino mi concilia il sonno. Soprattutto perché so che quando usciranno tutti mi riaddormenterò e dormirò altre due ore. Mi piace dormire.

Sara invece si alza sempre prima che suoni la sveglia, anche quando non è agitata come sarà oggi, vedrai, mai che le passi durante la notte. Ieri mattina, quando sono entrato in cucina, per prima cosa ho notato la macchiolina di sangue che spiccava sul bianco della camicia da notte, proprio sotto il sedere, ma non le ho detto niente. Ogni volta che le segnalo una macchia, un orlo che spunta, un'etichetta in vista, si rivolta come se si sentisse aggredita. Io ringrazio se mi avvertono quando ho la patta dei pantaloni aperta o qualcosa tra i denti, lei invece la prende come una critica. Ormai lo so e mi censuro. Come su tante altre cose.

La cucina è la stanza più buia della nostra casa, si affaccia sull'angolo interno del cortile e il sole la illumina solo da mezzogiorno, quando riesce a sbucare dai cinque piani del palazzo. Mattina e sera, anche d'estate, bisogna accendere una luce per non mangiare in penombra e ora che è quasi inverno la luce rimane sempre accesa, per la gioia di Graffio che dormirebbe tutto il giorno sotto una delle lampade: ne ho fatte mettere due perché mi piace vedere bene cosa c'è nel piatto. Non amo la penombra e non sopporto le candele.

Ieri mattina Sara, in piedi davanti al tavolo, stava accarezzando il gatto, con la tazza nella mano sinistra e la macchiolina rossa sulla camicia da notte accesa come una spia di pericolo. L'ho abbracciata da dietro. Ha raddrizzato le spalle e stirato il collo. Ha sporto la guancia verso la mia bocca e mi si è appoggiata contro con la schiena: ho sentito la pelle tiepida oltre il cotone leggero e le ho passato la mano sotto la gola, ancorandole il gomito in mezzo al petto. Mi piace tenerla così. Se la stringo da dietro, tra il mio inguine e i suoi lombi c'è un incastro perfetto.

Le ho sussurrato «buongiorno» nell'orecchio e lei me l'ha strofinato contro la barba come fa Graffio quando ti si struscia sulle gambe. Però non ha posato la tazza. Si è staccata dicendo: «Attento che ti scotto. Porti tu a scuola i bambini, che devo passare dal calzolaio prima di andare in studio? Maria è già riuscita a rompere la cerniera degli stivali nuovi».

Mi mortifica questo suo tono indaffarato. Era così diversa una volta: nulla veniva prima di un bacio o di un gioco, per lei. Credevo di poterla rendere felice, ma mi sono sbagliato. Nessuno può farlo quando si avvita nei suoi pensieri.

Fammi guardare l'orologio, ormai sono sveglio. Le sette e mezzo, devo alzarmi subito, oggi ho prova alle dieci. E prima ho palestra. Stamattina voglio fare cinque minuti di corsa più di quel bischero di mio fratello. Con Guido andiamo in palestra due volte la settimana: lui fa il consulente finanziario e quando arrivo è già in piedi da tre ore. È fissato con la palestra e coi soldi, con orrore dei nostri genitori.

Sarà un'altra giornata grigia. In questo periodo non piove e non ci sono mai sole o nebbia, solo grigio compatto. Mia madre è tedesca e questo tipo di grigio lo chiama «bel tempo coperto». Anche a me non è mai dispiaciuto il grigio di Milano, ho visto fin troppi cieli azzurri da bambino, in campagna. È l'umore di Sara che mi dispiace. Iniziare la giornata così, col ricordo di ieri sera che mi torna in bocca insieme al sapore dolciastro di quell'accidenti di amaro fatto in casa.

Poteva essere una serata perfetta. Ci stavamo divertendo a prendere in giro la padrona della trattoria pugliese, quella che parla continuamente di sé. Dal momento che il sabato e la domenica sono quasi sempre impegnato coi concerti, con Sara e i ragazzi spesso ceniamo fuori il lunedì. Andiamo presto, prima delle otto: le nostre cene del lunedì, quando escono solo musicisti e parrucchieri.

«Il sugo lo faccio io coi pomodorini dell'orto di giù, la pasta l'ho fatta a mano stamattina, anche il tiramisù lo faccio io...» Tutto da sola aveva fatto la signora del ristorante, anche l'amaro che ci ha offerto dopo cena, maledetto: «Faccio bollire il vino, ci metto gli aromi, l'alcol puro...».

A Carlo il gioco piaceva e rincarava la dose: «Anche il tavolo ha fatto da sola la signora, anche le sedie. Ha tagliato la legna, segato le assi...». Carlo è spiritoso, allegro. Elia è più insicuro ed era sulle spine perché ridevamo alle battute di suo fratello piccolo e a lui non veniva in mente niente da dire. Si agitava tanto che a un certo punto è caduto dalla sedia.

Gli ho solo raccomandato: «Elia, stai attento, eh?». E subito Sara ha sibilato: «Guarda che non l'ha fatto apposta». Di fronte a lui. Non ho più aperto bocca e una bella serata in famiglia è diventata una serata pesante. Siamo tornati a casa camminando lontani, parlando solo coi bambini: io con Maria e lei con Elia e Carlo. Ci ha messo un sacco di tempo a mandarli a letto e quando è venuta a dormire l'ho sentita rigirarsi a lungo e sospirare. Sono stato tentato di allungare la mano e darle una carezza, abbracciarla, come ho fatto centinaia di volte, ma ero troppo stanco.

È sfinente amare una donna che non si fida di te, che ti riprende davanti ai figli. Quand'è che sei diventata così, Sara?

Quando l'ho conosciuta era diversa. Somigliava a un gatto, a suo agio in ogni momento e fedele solo a se stessa. Faceva e diceva sempre quel che voleva, era serena e soddisfatta. Dava pace starle accanto, come guardare il fuoco.

Adesso è come un cormorano: la scorgi galleggiare inquieta tra le onde, il lungo collo nervoso, e poi – splash – improvvisamente si immerge e non sai dove riemergerà. Non riaffiora mai dove ti aspetti, e se la incontri mentre nuota sott'acqua ti spaventa. Una volta mi è capitato di sfiorare un cormorano che nuotava velocissimo: un incontro inquietante. Se fuori sembrava una creatura fragile ed elegante, sott'acqua mi aveva dato l'impressione di essere aggressivo, rapace. Mi aveva guardato cattivo, con gli occhietti duri.

Avrei paura di incrociare la vita sottomarina di Sara. Per questo evito di guardare la sua posta e i suoi messaggi. Le poche volte che è successo, avrei preferito non averlo fatto.

4

L'ho vista all'improvviso, mentre i taxi arrivavano a ondate, tra la ressa di persone che si riparava dalla pioggia sotto la pensilina grigia. Stavo pensando alla notte trascorsa accanto alla bara del padre di Massimo e non mi ero accorto della ragazza che mi fissava. Era appoggiata al manico del trolley rosso come fosse l'ombrello di Mary Poppins. Quando l'ho guardata ha detto: «Lo so che mi trovi male, ma torno da un lavoro con un fotografo così cretino che per sopportarlo ho pranzato con un gin tonic».

«Non ti trovo male... Ciao Sara. Che lavoro fai?» ho risposto, fingendo di essere disinvolto come lei, mentre ero in preda a una tempesta di emozioni. Ci avevo messo sedici anni, ma avevo imparato a mentire.

L'ho riconosciuta subito, nonostante il pallore: nel ricordo irradiava una luce color albicocca. Per il resto, non era cambiata. Era spettinata e portava jeans bianchi e un giubbotto di pelle sotto al quale spuntava una maglietta stropicciata simile a quelle che si infilava al mare alle dieci di sera, quando si toglieva il due pezzi con cui usciva di casa al mattino per andare in spiaggia. Le altre ragazze si mettevano magliette e gonnelline, solo lei circolava tutto il giorno in costume e ciabatte di gomma.

Andava anche a cavallo in pineta in costume da bagno, e un pomeriggio, cadendo, si era scorticata un fianco. L'avevo accompagnata io al pronto soccorso, anzi mia nonna, con la sua Fiat 850. La sera a cena la nonna aveva detto: «Quella tua amica spericolata è troppo sensibile, deve stare attenta».

«Pensa al lavoro più stupido che riesci a immaginare. Faccio quello» ha detto Sara accomodandosi sul trolley come fosse una poltroncina, con le gambe accavallate.

«Redattrice di moda?»

«Sei sempre il più in gamba di tutti, per questo mi piacevi tanto.»

«Ma se mi hai lasciato.»

«Avevo tredici anni!»

Mi guardava dal basso in alto, una sensazione nuova. Mi era sempre sembrata più grande, anche se aveva due anni meno di me.

«Però fumavi già.»

«Ho smesso da sei anni.»

«E hai cominciato col gin tonic?»

«Ora ricordo perché ti ho lasciato.»

Era di nuovo lei, brillante e spaccona.

«Ti accendevi una Winston dietro l'altra, per fare la bulla.»

«E adesso se qualcuno accende una sigaretta nel raggio di dieci metri inizio a tossire e chiamo la polizia. Come sant'Agostino.»

«Sant'Agostino chiamava la polizia?»

«Ti trovo bene, sai? Sei diventato spiritoso. Suoni sempre il violoncello?»

«Ho vinto il concorso un anno fa, adesso lavoro al Teatro alla Scala» ho risposto, orgoglioso.

«Alla Scala? Il sogno della tua vita?»

Perché in quel momento non le ho detto che il sogno della mia vita, da quando l'avevo incontrata, era stata lei? Perché non ti ho raccontato sempre la verità, da subito, come quando eravamo ragazzini, Sara? Perché non ti ho detto che mi faceva piangere persino don Ottavio quando nel *Don Giovanni* canta: "Dalla sua pace la mia dipende, quel che a lei piace vita mi rende, quel che le incresce morte mi dà"? O che ero stato sei mesi con una scema di mezzosoprano solo perché aveva i capelli dello stesso colore dei tuoi?

«E tu cosa ci fai a Milano?» avevo domandato invece, cercando di sembrare distaccato.

«Ci lavoro, te l'ho appena detto.»

«Proprio qui? Prendevi sempre in giro i milanesi, dicevi che avresti potuto vivere solo al mare.»

«Cercavo un modo per rivederti» ha risposto, senza sorridere e, anche se sapevo che non poteva essere vero, in quel momento mi è esploso il cuore.

È salita sul taxi lasciando aperta la portiera, come se ritenesse scontato che ce ne saremmo andati insieme. Appena partiti si è messa a parlare dei risultati delle partite di calcio col tassista e si è interrotta solo un istante per chiedermi: «Da me o da te?».

«Come fai a sapere che da me non c'è una ragazza che mi aspetta?» ho domandato, per provocarla.

«Sono io la tua ragazza» ha detto.

Era lei.

Siamo andati nel mio monolocale. Era una casa di ringhiera, quattro piani senza ascensore: mi ha camminato davanti per le scale rifiutando di darmi il trolley rosso che avevo cercato di prenderle di mano. «È quasi vuoto» ha detto. Si è fermata davanti alla porta giusta e, appena entrata, è salita sul soppalco, dove stava il letto, senza dire una parola e senza guardarsi intorno, come se fosse arrivata in un posto che conosceva già.

L'ho seguita per le scale di legno e ci siamo spogliati in ginocchio sul materasso, guardandoci in faccia a muso duro, come se stessimo per batterci. Quando le sono entrato dentro tremava, mentre d'un tratto io ero calmo e sicuro come non sono mai stato.

«Sei a casa» le ho sussurrato in un orecchio. Ha cominciato a piangere, senza singhiozzi, solo con le lacrime, e io ho pensato che piangesse di gioia.

5

Con Massimo ci siamo conosciuti durante il servizio civile alla comunità delle Anime Sante di Cesano Boscone. Siamo diventati amici prendendo a sberle tossici che volevano scappare e facendoci prendere a sberle dai matti. Le Anime Sante era una casa-famiglia per tossicodipendenti e ragazzi con disturbi psichici, gestita da un prete che si faceva chiamare don Ernesto in onore del Che. Il don aveva le sue idee su come trattare disagi e dipendenze e all'inizio ci era sembrato di essere capitati in un manicomio – effettivamente lo era.

Gli educatori più esperti sostenevano che erano pochi gli ospiti delle Anime Sante che riprendevano a drogarsi, coi matti invece andava peggio: qualcuno migliorava, la maggior parte no. Probabilmente non sarebbero migliorati da nessuna parte ma lì strideva che i tossici guarissero e i matti restassero sempre uguali.

A me inquietavano tutti, ma alcuni dei matti proprio non li sopportavo. Il mio incubo era Agostino, che ripeteva centinaia di volte al giorno «a che ora si mangia» in tono meccanico, piazzando la sua facciona a una spanna dalla mia: «A che ora si mangia – A che ora si mangia – A che ora si mangia», per ore. Chiamavamo Morsa un altro ragazzo, buonissimo, completamente calvo, che appena gli sorridevi ti abbracciava forte e non ti mollava più. Poi c'era Manuel, che non si separava mai da una stringa da scarpe e ci giocava incessantemente, passandosela da una mano all'altra. Un giorno Pulcinella, uno dei tossici più giovani, gli nascose per scherzo la stringa, e Manuel gli ruppe il naso con un pugno. Massimo si era precipitato a separarli ma, riavuta la stringa, Manuel era tornato subito calmo, come un neonato col ciuccio. Allora Massimo era andato da Manuel e lo aveva abbracciato forte, un abbraccio come quelli di Morsa, mentre io soccorrevo Pulcinella che sputava sangue, strillava e piangeva. Massimo era venuto da noi e gli aveva detto: «Tu, grandissima testa di cazzo, sali sul pulmino che ti porto a sistemare quel naso».

Lui è così, sembra che non prenda niente sul serio, che scherzi sempre su tutto, ma quando c'è da agire lo fa istintivamente, in fretta, e fa la cosa giusta, senza bisogno di starci a pensare: ha la cosa giusta nel sangue, a differenza di me che devo riflettere, decidere tra mille dubbi, valutare, e non è detto che poi faccia quel che andava fatto, né che faccia qualcosa, se è per questo. Per me, la modalità più comune, violoncello a parte, è non fare niente, rimanere immobile aspettando che le cose si risolvano da sole o vengano a stanarmi. Non mi piace decidere, non mi piace scegliere. Sara dice che se posso evitare di prendere qualunque iniziativa, se riesco a schivare qualunque azione o sentimento faticoso, sono più contento.

Cosa c'è di male? A me non serve tanto: il mio violoncello, sapere che i ragazzi stanno bene e lei. Sara sostiene di non avere ancora capito se sono tendenzialmente autistico o soltanto superficiale: un tempo lo affermava ridendo e prendendomi in giro, ora lo dice con un sorriso amaro.

La prima volta che provai la tavola – Massimo aveva deciso di insegnarmi, ci eravamo appena tolti la muta e stavamo bevendo semisdraiati sulla sabbia – glielo domandai: «Come fai tu a fare sempre la cosa giusta?».

E lui: «Basta seguire il codice».

«Quale?»

«Il codice gallurese.»

Cazzeggiava. Far parlare seriamente Massimo è impossibile, e io non ci tengo. Avevamo subito ricominciato a discutere di reef e tavole e non abbiamo mai ripreso il discorso, però Massimo sa cosa penso di lui.

Comunque i genitori di Pulcinella, stronzi quanto il figlio, avevano denunciato don Ernesto per il pugno di Manuel, e la comunità era stata chiusa. Era nel mirino di curia e servizi sociali da tempo e il naso rotto di Pulcinella – un signor naso – le aveva dato il colpo di grazia.

Una delle pietre miliari dell'amicizia tra me e Massimo è stata aver condiviso il momento dei saluti ai "ragazzi", come chiamavamo indistintamente tossici e matti, che un giorno di fine agosto vennero separati e portati in altre comunità. Erano le tre di un pomeriggio appiccicoso: da quelle parti, in pianura, quando fa caldo si boccheggia.

Loro stavano tutti in piedi nel cortile davanti alla cascina, accanto alla valigia, carichi di sacchetti con le cose che non erano riusciti a infilare nei bagagli. Muti, l'aria sperduta, aspettavano gli assistenti sociali che dovevano prenderli in consegna. I tossici rimanevano in disparte e fumavano. Si sentiva solo il rumore delle cicale e degli scarponi di Manuel che camminava avanti e indietro sulla ghiaia passandosi la stringa da una mano all'altra. Agostino non chiedeva "a che ora si mangia", teneva lo sguardo fisso a terra.

Dopo un po' piangevano tutti, piangevamo tutti, educatori e pazienti, tranne il don, che era andato a zappare l'orto dopo aver salutato frettolosamente col pugno chiuso e una benedizione generale. Quando erano arrivati a portarli via, Morsa ci aveva stritolati a uno a uno, e per una volta avevamo ricambiato l'intensità del suo abbraccio.

Ero commosso, ma anche sollevato: gestire per sei mesi gente come Agostino mi aveva sfibrato e avevo capito definitivamente di non essere tagliato per i servizi sociali. Non che avessi mai pensato di esserlo. Sia io che Massimo avevamo scelto il servizio civile per lo stesso motivo: speravamo di imbucarci per continuare a seguire le nostre cose – io il violoncello e lui i suoi studi. Io avevo vent'anni e mi ero diplomato al conservatorio di Firenze, lui ventitré e si era laureato in Filosofia a Sassari, ma aveva deciso di fare il maestro elementare e studiare per il concorso.

Avevamo letto come un segno del destino, anche se io non credo al destino, essere capitati nello stesso posto, e che strano posto. Le Anime Sante è stato il nostro Vietnam, ci siamo sentiti predestinati a diventare uno il migliore amico dell'altro, e lo siamo diventati. E anche se lui era molto meglio di me, non me l'ha mai fatto pesare.

Il funerale di Gianuario Sanna, ad Aggius, è stato il primo a cui ho partecipato. Sara mi prende in giro ancora adesso: «Il tuo primo funerale a trent'anni. Ecco perché sei così». Così come, non so.

In quattro avevamo vegliato il padre di Massimo tutta la notte. In Gallura si usa che la notte precedente la sepoltura i parenti più stretti riposino in vista delle fatiche che dovranno affrontare il giorno dopo. Sono gli amici a vegliare la salma.

Massimo mi aveva detto di fregarmene e di andare a dormire, ma io ci tenevo a seguire la tradizione. Non era stata un'esperienza antropologica come avevo immaginato, ma intensa, affettuosa, quasi divertente.

Con un amico del fratello di Massimo, gestore del supermercato di Aggius, eravamo rimasti a lungo in cucina a mangiare pane e formaggio e a bere vino, chiacchierando. Mi aveva raccontato nei dettagli il suo progetto di aprire un altro negozio al mare: «Con quel che si lavora in agosto sulla costa, guadagno come qui tutto l'anno». Mi disse che avrebbe voluto sposarsi ma che non si sentiva pronto «per il matrimonione sardo». A un certo punto aveva tirato fuori un mensile di auto e ci eravamo messi a studiare i prezzi di tutti i fuoristrada, perché voleva comprarsi un 4x4.

La bara aperta, piazzata su due cavalletti in mezzo al soggiorno, non era impressionante come avevo temuto. Per un paio d'ore avevo sonnecchiato sul divano di fronte alla cassa, come davanti a un caminetto, e non mi ero sentito a disagio.

Il padre di Massimo non gli somigliava, era molto più piccolo di statura e non tanto rugoso e cotto dal sole dei cantieri come mi ero immaginato. Aveva un'espressione distesa: non sembrava morto d'infarto, anche se non avevo mai visto un morto e non sapevo che espressione avessero di solito. Sembrava soprattutto un uomo molto pallido che sta cercando di sopportare il solletico ai piedi senza scoppiare a ridere. Lo avevano vestito con un completo a tre pezzi di velluto a coste nero e camicia bianca senza collo, alla sarda. Era elegante.

Con gli altri due ragazzi che avevano vegliato insieme a noi, cugini di secondo grado dei Sanna, non avevo parlato, ma quando all'alba la madre di Massimo si era alzata e ci aveva preparato il caffè, uno di loro mi aveva passato la prima tazza dicendomi con riguardo: «Mettici tanto zucchero, che dà energia, sarà una giornata impegnativa».

Non poteva sapere quanto: quella sera avrei ritrovato Sara.

6

È colpa di Winston Churchill se mia madre è cresciuta in un'isola del Mare del Nord tra foche e conigli invece che ad Amburgo, dove è tornata a studiare pianoforte troppo tardi per diventare concertista.

Ci era nata, ad Amburgo: il quattordici luglio del Quarantatré. Quando aveva due settimane sua madre morì incenerita dal Bomber Command inglese insieme ad altre cinquantamila persone. Mio nonno quella notte era a Brema col suo quartetto d'archi e al ritorno dal concerto aveva ritrovato Klara che strillava dentro un baule, nella cantina della loro casa trasformata in forno crematorio. La portò ad Amrum da sua madre, la bisnonna Pippi, con la prima nave diretta alle isole Frisone Settentrionali.

Klara sostiene che non cambierebbe la sua infanzia ad Amrum con nessuna gloria da palcoscenico, in compenso si è dedicata a indirizzare il mio, di talento musicale: a quattro anni esultavo al suono della tromba nella *Guida del giovane all'orchestra* di Benjamin Britten, a cinque cantavo nel coro delle voci bianche di Arezzo. A sette mi ha messo in mano il violoncello di mio nonno Elias e da allora non ho mai smesso di suonare.

Quand'ero piccolo, con Klara e mio fratello Guido andavamo ad Amrum due volte all'anno, e visto che i miei genitori non hanno mai preso un aereo in vita loro, per non inquinare «nostra Madre Terra», il viaggio durava due giorni.

Mio padre Guelfo non veniva con noi, perché doveva badare alla campagna: abitavamo in una casa colonica a tre chilometri da Anghiari. Ci accompagnava ad Arezzo con lo Scassone, una Citroën grigia col portapacchi nero, il paraurti anteriore segato a metà e la porta del guidatore ondulata vicino alla serratura per un tentato furto. Nessuno poteva aver seriamente pensato di fregarsi lo Scassone, eppure era successo, e da quel momento, aprendo la porta, si sentiva un rumore «tipo urlo soffocato», diceva Guido. Guelfo ne andava fiero.

Ad Arezzo dovevamo prendere il treno per Firenze in tempo per l'Alpen Express delle 11.27 che arrivava ad Amburgo alle 9.39 del giorno dopo. Da lì cambiavamo per Brema e poi per Dagebüll, e ci imbarcavamo sul traghetto che – dentro a un vento gelato che staccava le orecchie anche ad agosto – ci portava ad Amrum. La bisnonna Pippi ci aveva visti nascere, poi era morta soddisfatta lasciando in eredità una villetta col tetto di paglia e un giardino di rose, un gigantesco affumicatore e un orto pieno di piante di piselli.

Guido e io sul traghetto ci ustionavamo il palato con la cioccolata calda, pregustando il grünkohl che Klara ci avrebbe preparato l'indomani: un micidiale piatto di cavolo con bacon, lardo, burro e patate. Klara aveva provato a cucinarlo ad Anghiari, ma perché il grünkohl venga bene ci vuole il cavolo di Amrum dopo che ha preso una notte di gelo.

A Natale non sempre nevicava, ma il mare gelava e le onde buttavano sulla spiaggia zattere di ghiaccio che formavano piccole montagne. Nei rari momenti in cui calava il vento il silenzio era così surreale che Guido e io giocavamo ai marziani tra le dune. Il freddo tagliava la faccia, e si stava quasi sempre in casa, dove Klara suonava il pianoforte e cuoceva torte e biscotti mentre noi rovistavamo in solaio preparando i costumi per Capodanno, quando andavamo in giro per le case dei vicini a chiedere dolci.

D'estate, anche quando pioveva – e ad Amrum pioveva quasi sempre –, io andavo in barca col nonno a pescare sgombri che poi affumicavamo per giorni, in giardino. Per giocare c'era la foresta, grande abbastanza per sentirsi indiani ma troppo piccola per perdersi, e le dune di sabbia dove scavare buche e organizzare gare di scivolate e barbecue.

Fino ai dodici anni le vacanze ad Amrum mi sono sembrate una pacchia, poi mi sono stancato: troppo silenzio, troppo freddo, troppa pioggia. Quando mi ribellai alle vacanze estive ad Amrum, Klara mi spedì a Marina di Pietrasanta dalla nonna Mimma, la madre di Guelfo. Lui, con la scusa dei polli e dei conigli da nutrire, rimaneva in Toscana, ad Anghiari, e Guido, col pretesto di studiare, passava l'estate con lui in campagna. Noi Cange ci vogliamo bene, ma siamo sempre stati indipendenti gli uni dagli altri.

È stato grazie a Klara, mia madre, se ho conosciuto Sara, e grazie ai gabbiani se l'ho ritrovata. Forse è per questo che Klara, i gabbiani e Sara li ho sempre associati: mi sembra abbiano molto in comune, ma non so bene cosa. Forse il mare, o il vento. Mi capita di cercare somiglianze tra le cose che mi attraggono e non capisco fino in fondo.

Non ho più voluto tornare ad Amrum fino a che è nata Maria e l'abbiamo portata a conoscere suo bisnonno Elias prima che morisse. Sara è rimasta folgorata da Amrum: a lei sono sempre piaciuti i luoghi deserti ed estremi. Io preferisco le città, coi cinema, i ristoranti, i negozi, i teatri e le sale da concerto.

Mia madre l'ho sempre chiamata per nome. Arrivò ad Arezzo con la sua amica Guste per vedere l'affresco della Maria Maddalena di Piero della Francesca. Erano le vacanze di Pasqua e stavano facendo il giro della Toscana in autostop per studiare «le icone femminili alternative del cristianesimo». A tredici anni Klara aveva lasciato Amrum per studiare arte e musica ad Amburgo ed era entrata nel movimento femminista.

Quel giorno, ad Arezzo, Guelfo e Gianni, il figlio del macellaio di Anghiari, erano corsi in piazza perché al bar tutti dicevano che erano arrivate le modelle svedesi. Guste e Klara erano tedesche, e non erano modelle, ciononostante Guste ha sposato Gianni e Klara mio padre Guelfo: io sono nato che lei aveva ventiquattro anni, e Guido due anni dopo di me.

Klara ha insegnato per vent'anni pianoforte ai bambini di Anghiari, ma quando io finii il conservatorio e Guido si iscrisse alla Bocconi decise di tornare almeno sei mesi l'anno ad Amrum, dove ha ereditato la casa col tetto di paglia. Ad Amrum suona il suo pianoforte a mezzacoda, cura il giardino, gira in bicicletta, passeggia sulla spiaggia con la sua amica Sygunna, canta nel coro e beve Friesengeist al Blaue Maus. È ingrassata, ma è sempre bella.

Guelfo si è abituato alle sue assenze e per metà dell'anno abita da solo e se la gode: legge, scrive, sta dietro ai polli e all'orto. In teoria, Guelfo sarebbe un economista di fama: l'unico economista italiano col codino e senza un soldo. Ogni tanto lo invitano a qualche convegno in giro per l'Europa e allora parte per la stazione di Arezzo con lo Scassone, che funziona ancora.

Quando l'ho ritrovata, Sara mi era sembrata simile a Klara, più malinconica, ma libera e anticonformista come lei. A Sara mancava Genova come Amrum è sempre mancata a Klara, e i primi tempi ogni tanto ci andava da sola, di notte, con la mia auto. Partiva all'improvviso, diceva «ho bisogno di respirare il mare», e tornava la sera dopo. Non mi raccontava cosa faceva, sapevo solo che i suoi genitori abitavano a Sampierdarena, ma non li ho conosciuti fino a quando è rimasta incinta di Maria.

Non ne parlava mai. Sara va matta per i miei, di genitori. Dice che hanno capito tutto, che lei è nata negli anni sbagliati e che vorrebbe essere come Klara, aver avuto i figli giovanissima e a quarant'anni essersene andata via, invece di impazzire a Milano.

Io invece a Milano sto bene. Ci ho seguito il mio maestro, coi Pomeriggi Musicali mi sono pagato il perfezionamento e a trent'anni ho vinto il concorso in Scala. Sembrava impossibile, ma è successo.

Dove altro poteva capitare, in Italia, che arrivasse un tizio qualunque dalla campagna e realizzasse un sogno grazie solo al suo talento? Ci vuole anche fortuna, ma io sono sempre stato fortunato, lo penso dalla prima volta che Sara mi ha baciato.

Ormai abito a Milano da... quanto? Cazzo, venticinque anni. Tredici che sto con Sara, anche se mi sembra di esserci nato, insieme a lei. Quasi non me la ricordo, la vita che facevo prima d'incontrarla. Forse non era vita.

7

Sara ogni tanto allude a qualcosa che non mi avrebbe raccontato, qualcosa accaduto nei sedici anni in cui non ci siamo visti.

Ma, conoscendola come ormai la conosco, penso sia il suo carattere a fregarla, a farle attraversare periodi sempre più lunghi annegati in pensieri cupi che lei non fa niente per combattere. Da un anno è peggiorata, come se fosse spaventata da qualcosa. Si lascia andare sempre più spesso ad attacchi di disperazione che faccio fatica a comprendere ma soprattutto a giustificare. Abbiamo tre bravissimi figli, una vita invidiabile, non c'è nulla che io non abbia fatto per lei, è stata, ed è tuttora, la luce dei miei occhi. L'ho amata tanto. E l'amo ancora, ma lei non vuole crederci, preferisce autocompiangersi.

Crede che io non la capisca, che non conosca i suoi pensieri. Invece so tutto. So che le manca sua madre, morta sei anni fa, e che si sente in colpa perché pensa di averla trascurata quando stava male. Che è triste per suo padre che vive a Sampierdarena da solo con due cani, in un brutto appartamento di un brutto casermone. So che è gelosa di Asia, la nuova arpista, anche se non me l'ha detto. So che ogni volta che litighiamo pensa di divorziare, a differenza di me che non l'ho mai pensato veramente, neanche quando sono incazzato nero. Mi rende infelice, la sua infelicità.

È imprevedibile in tutto. Per periodi lunghissimi, mesi, è passiva e distratta, anche quando stiamo insieme. Si lascia andare senza partecipazione, si capisce che vuole solo farmi finire in fretta.

Poi, improvvisamente – chissà cosa le passa per la testa –, mi cerca, mi pretende, mi supplica di non smettere, sembra che non possa fare a meno di avermi dentro.

Io mi adatto a lei, ma se provo a dettare i miei, di ritmi, si nega o si ribella, e anche questo è sfinente. Mi sento usato, non amato. Cazzo, sto diventando come lei.

Sei rimasta incinta subito. Avevi deciso che sarebbe stata una femmina e l'avremmo chiamata Chiara. «Sara e Chiara, le tue ragazze. Sei contento? Sara e Chiara, Sara e Chiara, he, he! Sara e Chiara, Sara e Chiara, olé», e saltavi, come un ultrà allo stadio.

Eri uscita dal bagno volandomi in braccio a cavalcioni, mettendomi sotto al naso una specie di termometro bianco con una lineetta rosa. Io fingevo di fare lo schizzinoso: «Che schifo, è pipì questa?», e intanto ti mettevo le mani addosso, ti facevo il solletico, ti baciavo. Ora non potrei più scherzare così: sei diventata permalosa, prendi tutto sul serio.

«Così puoi fingere di aver fatto un matrimonio riparatore, per non perdere la faccia con le tue ballerine» avevi detto. Scherzavi tutto il giorno, ridevi, cantavi, sembravi ubriaca più che incinta. Ero contento di vederti così: fare felice la tua donna con così poco, uno schizzo di sperma, è uno dei nostri tanti privilegi di maschi. Me l'avevi detto che volevi dei figli, e a me, anche se non ci avevo mai pensato prima, era sembrata una buona idea. In fondo, alla mia età, mio padre ne aveva già due. A me basta che mi lascino suonare, per il resto va bene quasi tutto.

Alla fine del quarto mese aveva avuto un aborto spontaneo. Era successo la sera di una prima. Suonavamo *Tosca* con un direttore italiano di cui temevo il giudizio e mi ero isolato dal pomeriggio a ripassare l'assolo.

Tosca è tra le opere migliori e più impegnative per noi violoncelli:

all'inizio del terzo atto c'è uno dei più begli assoli mai scritti. Durante il secondo intervallo, il baritono georgiano che interpretava Scarpia mi aveva abbordato al bar sotterraneo mentre con un occhio guardavo la fine di Milan-Atalanta e con l'altro riaccendevo il cellulare per salutare Sara: «Tbilisi» aveva sibilato sulfureo, fissandomi con gli occhi bistrati. Sapevo a cosa si riferiva. Ai mondiali del Novantotto la nazionale georgiana ci aveva dato del filo da torcere, con sorpresa di tutti perché era sempre stata una squadra debolissima. Avevo rimesso in tasca il telefono e avevo cominciato a parlare di calcio in inglese con quel bel tipo.

La terza chiamata ci aveva raggiunti senza che fossi riuscito a sentire Sara – come facevo sempre durante uno dei due intervalli –, Scarpia e io ci eravamo salutati con un abbraccio pucciniano. Avrei voluto concentrarmi prima del mio assolo, invece ero entrato in buca per ultimo e mi ero beccato un'occhiataccia dell'ispettore.

Avevamo fatto un quartetto magnifico, e a fine concerto noi celli eravamo andati a brindare in un bar di via Manzoni. Dopo due calici di Franciacorta mi ero avviato a casa a piedi cantando "A donna bella io non mi vendo a prezzo di moneta...".

Di solito dopo le recite prendo il tram – a parte il 7 dicembre che è tutto bloccato –, ma quella volta avevo voglia di camminare. Era una sera gelata e limpida e passeggiavo fischiando l'aria di "Oh! Dolci baci, o languide carezze". Sapevo che Sara mi aspettava sveglia e non vedevo l'ora di "le belle forme discioglier dai veli...". Ero esaltato per l'esecuzione e la *Tosca*, con quel tentativo di stupro di mezzo, mi ha sempre fatto venir voglia di scopare. Ma, appena salite le scale e aperta la porta di casa, avevo capito che era successo qualcosa: c'era un ombrello per terra in corridoio, la luce accesa in bagno, il letto disfatto e sporco di sangue.

Avevo un vecchio telefono che ci aveva messo un tempo infinito a riaccendersi e lasciarmi ascoltare i messaggi. In quei quaranta secondi avevo pensato di tutto: un'aggressione, un furto, addirittura un rapimento. C'erano tre messaggi in segreteria, due suoi, uno, delle sette, con voce quasi normale: "Amore, non ti preoccupare ma sto perdendo sangue e per prudenza vado in taxi al pronto soccorso della Mangiagalli", un altro delle otto e mezzo a voce bassissima: "Mi hanno visitato, è morta", e uno di suo padre delle undici: "Arno, sono appena arrivato alla clinica Mangiagalli, vieni appena puoi, ha perso il bambino, la stanno operando".

Non era un bambino, era davvero una bambina.

Sara era tornata a casa dopo due giorni, con un'espressione che non le avevo mai visto negli occhi. Mi guardava in modo diverso. Sapevo che stava male, ma avevo perso una figlia come lei, ero triste anch'io. Invece Sara si comportava come se la sofferenza fosse solo sua, e mia la colpa di quel che era successo. Avevamo trascorso dei mesi strani, silenziosi, in cui non riuscivo a starle vicino perché sembrava che non mi volesse, vicino.

Poi, per Pasqua, Massimo ci aveva invitati al mare con Rossana, la sua ragazza del momento, e dopo quella vacanza Sara era tornata normale. Avevo pensato che fosse tutto finito. Dopo nemmeno un anno era nata Maria, poi, a distanza di due anni uno dall'altro, Elia e Carlo. Maria ed Elia li abbiamo cercati, Carlo no.

Sara non è mai stata contenta come quando allattava. Il periodo migliore sono stati gli anni in cui almeno uno di loro era alla scuola materna: li accompagnava all'asilo alle nove, si fermava a parlare con le maestre, prendeva il caffè al bar con le altre mamme, andava a fare la spesa al mercato coperto – diceva che le piaceva più del supermercato –, tornava a casa, puliva, a volte quando io finivo le prove mattutine pranzavamo insieme in un bar vicino alla Scala o, nelle belle giornate, ai giardini di Porta Venezia. Quando rientravo in teatro lei andava a prendere i bambini a scuola e passava il pomeriggio con loro. Se era bel tempo li portava a pattinare o al parco, se pioveva invitava i loro amici a casa, li faceva giocare, costruivano origami, pasticciavano col pongo e col das.

Sara era celebre tra i bambini perché organizzava feste di compleanno memorabili disegnando gli inviti a mano, uno diverso dall'altro, e preparando la sua famosa torta gigante a forma di dinosauro, decorata di Smarties. Si offriva di tenere i figli di tutti e le mamme ne approfittavano: quasi ogni sera si fermava da noi qualche bambino e le nostre cene erano sempre cene da piccoli, pastasciutta e cotoletta o pizza e gelato.

Dovevamo mangiare presto perché alle otto e mezzo i padri venivano a ritirare i figli rientrando dall'ufficio. Salivano di corsa, col gilet imbottito da motociclista infilato sopra il doppiopetto, il casco in mano, facevano battute spiritose e poi se li caricavano sugli scooteroni e li riportavano a casa, già nutriti, dove anche le madri erano finalmente rientrate dal lavoro.

Fortuna che ero fuori almeno tre sere la settimana, oltre al sabato, perché non andavo matto per tutto quel casino. Ma a Sara piaceva, e io sono sempre stato contento se era contenta lei.

Aveva voluto smettere di lavorare appena ci siamo sposati, dicendo che faceva un lavoro bruttissimo, non guadagnava niente e preferiva occuparsi di me. Io ero lusingato, anche se la sua mi era sembrata una scelta anacronistica e temevo se ne pentisse. Prima che nascesse Carlo teneva, due sere la settimana, un corso di pittura per il Comune, ma aveva voluto abbandonare anche quello: «Uno di noi a casa deve esserci, la sera. Quando sei in giro per concerti non possiamo lasciarli con la baby-sitter fino alle dieci». Avevo provato a spiegarle che i miei genitori, che lei ammira tanto, ci lasciavano con chiunque: vicini di casa, amici, lontani parenti, passanti.

Oggi penso che Sara soffra del contrario della depressione post partum: lei si deprime quando i figli crescono. Da quando Carlo ha compiuto sette anni, al mattino lavora in uno studio grafico dove le danno due lire. Brava com'è a disegnare, avrebbe potuto fare tante cose: l'illustratrice, la fumettista, la pittrice. Ma lei ha sempre pensato prima ai bambini e a me, o almeno l'ho creduto. Ora sospetto che abbia avuto paura di mettersi in gioco, di non avere abbastanza talento.

L'ho amata da impazzire, ma lei non ci ha mai creduto veramente. Non vuole crederci, preferisce pensarsi sola al mondo, come l'eroina del fumetto che disegna da anni ma che non vuole provare a pubblicare: Katrina, una cacciatrice di nazisti sadica e tettona, segnata da un orrendo trauma infantile.

Penso che Katrina sia una versione ideale di Sara, più cattiva, formosa e indipendente. In realtà Sara ha avuto i traumi che abbiamo avuto tutti, più o meno. L'aborto, la madre depressa... brutto, ma c'è gente che vive drammi peggiori, tutto sta nel modo in cui prendi le cose che ti succedono. Cosa dovrebbe dire Massimo? Non solo gli è schiattato il padre di cinquantatré anni, ma ora gli hanno trovato davvero una malformazione cardiaca ereditaria, e non è escluso che ci rimanga secco, tra non molto. Ma lui ci ride sopra e mi fa promettere che se lo ritroveranno stecchito con l'uccello in mano mi occuperò personalmente delle esequie e lo farò calare nella bara nudo, con indosso soltanto la sua maglietta di Frank Zappa gialla e una sigaretta infilata tra le labbra.

«Devi far scrivere sulla lapide: "Qui giace Massimo Sanna, uomo fortunato e felice", come volle Sofocle» si raccomanda.

8

Siamo andati in Sardegna, in viaggio di nozze.

Io non ero mai stato a un funerale prima di ritrovarla, ma lei non aveva mai visto un mare diverso da quello ligure e toscano, a parte i posti esotici dove l'avevano mandata a fotografare costumi da bagno nella sua breve e infelice vita da redattrice di moda. Ricordava con angoscia il caldo e l'umidità di Maldive e Caraibi, e diceva che sperava di non metterci più piede per tutta la vita. Io da quand'ero bambino sogno di nuotare tra i pesci tropicali, ma le avevo proposto un giro della Sardegna con base a casa di Massimo, dopo averle assicurato che la Sardegna vera non c'entra niente con quella dei rotocalchi. Da amico di sardi, do la Costa Smeralda per persa, almeno fino a quando «non conquisteremo l'indipendenza e sbatteremo fuori tutti quei froci», come dice Massimo scherzando.

Il padre di Massimo, i primi anni che lavorava come muratore, aveva ristrutturato la casa costruita da un oculista olandese su una spiaggia vicina a un borgo di pescatori. Col suo animo poetico, Gianuario si era innamorato di quella strana casa, piena di grandi finestre sul mare da dove si vedevano i più bei tramonti della costa. L'aveva comprata dal figlio del medico, «un ex punk completamente flippato per la mistica sarda, pastori e banditi compresi, indebitato con le banche per essersi ficcato in testa di mettere in piedi un allevamento di asine da latte, meschino». "Meschino" nel linguaggio italo-sardo di Massimo vuol dire poverino. Il meschino si era disfatto con gioia della casa del padre, troppo poco tipicamente sarda per i suoi gusti e, rinunciando alle asine da latte, si era comprato uno stazzo in montagna, tra le rocce della Valle della Luna, «per allevare pecore e figli scalzi, nel tentativo di diventare un patriarca all'Abramo Ledda».

Massimo, che abitava ad Aggius e faceva il liceo classico a Tempio Pausania, ci andava appena poteva. Diventò un gran pescatore di polpi, totani e ricci, ma soprattutto scoprì la tavola da surf. La spiaggia davanti alla casa di Su Olandesu, come la chiamavano, era di sabbia chiara, rosata, a grani grossi, lunga un chilometro e delimitata da una parte da rocce grigie e dall'altra rosse. Quando c'era vento di maestrale, e in quella zona c'era spesso, le onde di tre metri attiravano i primi surfisti dell'isola, ragazzi che si facevano ore di macchina e uno scosceso sentiero tra i rovi e i cisti per arrivare fino lì.

Quando ci siamo conosciuti alle Anime Sante, Massimo mi ha rintronato con racconti di onde, reef, tavole e salti, e la prima volta che sono andato a Su Olandesu mi ha insegnato con pazienza a uscire con la tavola. Contrariamente a ogni mia previsione, ho trovato il mio sport ideale. Non mi è mai piaciuto sciare, ma farlo sulle onde è impagabile, anche senza caricare di mistica tutta la faccenda di aspettare l'onda, cercarla, cavalcarla... Massimo e io eravamo i più laici tra i surfisti: surfavamo, ma senza teorizzare la fusione tra anima, corpo e mare dei suoi amici invasati, anche perché, soprattutto io, nell'anima non ci ho mai creduto. Da quando Massimo mi ha fatto scoprire la tavola, appena posso fuggo a Su Olandesu per uscire in mare: a Pasqua, d'estate e persino a Capodanno, con l'acqua gelida e grigia.

Credo di essere l'unico tra i surfisti a bere poco e a non farmi le canne, ma il gruppetto degli amici di Massimo mi ha accettato lo stesso, imponendomi il soprannome di Suco, che sta per "Su Continentale", ma anche per il succo d'arancia che bevo mentre loro si scolano casse di birra. Non sono astemio, ma nonostante sia mezzo tedesco la birra non mi è mai piaciuta.

Sono stato in Sardegna tante volte, eppure non sono mai riuscito a conoscere il padre di Massimo: era sempre in qualche cantiere a lavorare. «Ecco perché è morto a cinquantatré anni» diceva Massimo, «altro che male ereditario.»

A Massimo corrispondono i ritmi, pieni e tranquilli, del lavoro con le sue piccole classi di Tempio Pausania. Il professore con cui si è laureato gli aveva proposto di rimanere in università a Sassari per un dottorato. Lui però aveva preferito insegnare alle elementari. «Guadagno poco, ma ho meno rotture di scatole.»

Con Sara ci siamo sposati in Comune a fine maggio, come gli sposi veri, ma al nostro matrimonio non c'erano parenti né amici, tranne Massimo e il mio collega Maurizio Scarponi, prima viola, con sua moglie Anita, nominata testimone di Sara la domenica prima del matrimonio.

Erano le undici di un sabato mattina e la cerimonia era durata dieci minuti, stritolata tra una coppia cinese con sposa in tulle e quarantenni milanesi in abiti destrutturati. Il funzionario che faceva le veci del sindaco ci aveva regalato una copia dei *Promessi sposi*. Sembrava incuriosito dalla nostra euforia e soprattutto dal fatto che fossimo solo in cinque, noi compresi.

«Di solito gli sposi sono più nervosi, sarà che non ci sono i genitori...» aveva detto, con molti puntini di sospensione, ma noi non avevamo dato spiegazioni. Sara, piena di lentiggini com'è, dimostrava ancora meno dei suoi quasi trent'anni. Era tutta in bianco: jeans bianchi, scarpe da pallacanestro di tela bianca e una vecchia camicia di mio nonno Elias.

In un momento di megalomania, io avevo pensato di indossare il frac che mettiamo in teatro nelle grandi occasioni, poi avevo ripiegato sul vestito nero. Massimo aveva la maglietta degli Stones, quella con la bocca, sotto la giacca della laurea. Anita si era messa un cappello vintage rosa a tuba degno di una corsa di cavalli ad Ascot e Maurizio, in completo grigio scuro a tre pezzi, subito prima della cerimonia aveva estratto dalla tasca interna della giacca una fiaschetta d'argento piena del filu 'e ferru portato da Massimo. Tutti ne avevamo bevuto un gran sorso, strabuzzando gli occhi.

Io, che non ho mai fumato uno spinello in vita mia, avevo dato due tiri a quello gigantesco che si erano preparati Massimo e Sara prima di uscire di casa e avevo una gran fame di dolci. La sera precedente Massimo aveva dormito a casa nostra, e l'addio al celibato era consistito in una tesissima partita a scacchi. Avevo minacciato di pestarlo se mi avesse lasciato vincere apposta, ma non ce n'era stato bisogno perché avevo perso come al solito, mentre Sara aveva trascorso il suo, di addio al nubilato, leggendo *L'amore fatale* di Ian McEwan.

Quando ci era venuta fame avevamo ordinato una pizza, che era arrivata fredda e appiccicosa, allora Sara aveva deciso di cucinare degli spaghetti con la bottarga di Alghero portata da Massimo, ma ci aveva messo troppo aglio e il mattino dopo puzzavamo tutti.

Eravamo andati a dormire alle due, noi promessi sposi sul soppalco e Massimo sul divano di sotto. Morivamo dalla voglia di scopare e l'avevamo fatto in silenzio, muovendoci appena. Al mattino, quando Sara era scesa dalle scale, aveva scoperto Massimo che dormiva senza mutande, con una grossa erezione che inalberava la maglietta. Era scoppiata a ridere, ma lui non si era svegliato fino a che non gli avevo appoggiato una bottiglia di Ichnusa gelata, comprata in suo onore, sulla pancia.

Il fatto che Sara e Massimo si fossero piaciuti subito e andassero d'accordo era una gioia nella gioia di quel periodo. Non credo di essere mai stato felice come nei primi mesi con Sara, e mi illudevo che la mia vita con lei sarebbe stata sempre così. Me lo sarei meritato. Mi sono sempre comportato bene, fin da bambino, non ho mai rotto le palle ai miei né a nessun altro. Mi sono preso cura di mio fratello, ho sempre studiato e lavorato senza lamentarmi, anche quando ne avrei avuto i motivi. Non mi sono mai drogato, né depresso, non ho mai fatto lo stronzo con nessuno. Quella felicità credevo di essermela guadagnata, che mi spettasse, almeno un po' più a lungo di quel che è durata.

Dopo la cerimonia, se si può chiamare così, eravamo saliti tutti e cinque sulla Volvo impolverata degli Scarponi, diretti all'alto lago di Como per andare a pranzo nella loro baita nel bosco, una piccola casa di legno e pietra circondata da castagni e prati, con vista sul lago blu. Appena arrivati, Maurizio aveva recuperato in cantina delle bottiglie di vino rosso profumato di prugne e more – si chiamava Inferno – e, dopo esserci ingozzati di polenta e formaggio, avevamo trascorso il pomeriggio stravaccati sul prato, a parlare, ridere, guardare le nuvole e passarci una bottiglia di amaro Braulio, tutti e cinque ubriachi.

La sera gli Scarponi e Massimo sarebbero voluti partire per lasciarci soli la prima notte di nozze, ma Sara e io gli avevamo intimato di restare. Sara aveva voluto prepararci un risotto con la salsiccia regalata da Ugo, il vicino di baita conosciuto quel pomeriggio, un ex contrabbandiere col quale ci eravamo scolati un'altra bottiglia di Inferno prima di cena.

Avevamo finito di mangiare e bere a mezzanotte, poi Anita aveva proposto una partita a Scarabeo in cui si era stabilito di accettare parole in ogni lingua conosciuta, sardo e dialetto ticinese compresi. Verso le tre del mattino eravamo svenuti sull'unico letto degli Scarponi, con Massimo buttato sopra una coperta imbottita ai nostri piedi e noi due coppie di regolari sposi sul talamo nuziale. Sara e io avevamo dormito abbracciati, aggrappati a una sponda del letto, e mi ero addormentato ascoltando il ronzio che faceva col naso. Nonostante fossi ubriaco come mai nella vita, ricordo di aver pensato che aveva avuto ragione lei a non volere nessuno al matrimonio: non avremmo mai potuto essere più felici di così.

Quando avevamo deciso di sposarci, dopo tre mesi dall'incontro di Linate, avevo insistito perché invitasse almeno i suoi genitori e gli zii, ma lei non aveva voluto, dicendo che i suoi non si spostavano mai da Genova e che sua zia Marta a maggio sarebbe stata in Giappone col marito a un convegno di veterinari. Non avevo insistito perché nemmeno i miei si erano dimostrati interessati alle nozze: Guelfo aveva i suoi polli, Klara a maggio era già ad Amrum, mio fratello Guido in Inghilterra.

Sara non mi disse che Mina, sua madre, era ricoverata in una clinica per malattie mentali nei dintorni. E che era quello il motivo per cui era venuta a lavorare a Milano, altro che cercare me. Fu quella la prima delle sue tante bugie.

9

L'altoparlante ci aveva svegliato alle sei, con una musichetta e un annuncio in tre lingue. Avevo preso quel traghetto tante volte, ma non mi ero mai accorto che per far sloggiare i viaggiatori dalle cabine un'ora prima del dovuto la compagnia di navigazione avesse scelto un arpeggio dei Genesis che conoscevo bene. Quella mattina invece, mentre aprivo gli occhi nella cuccetta di sotto – avevamo diviso il letto più grande –, lo riconobbi immediatamente: era *Horizons*! Il brano che preferisco di *Foxtrot*, un disco del Settantadue che avevo comprato quando mi ero innamorato di Sara. Lo ascoltavo di continuo.

Insieme a Sara, ogni cosa nella mia vita acquistava senso: tornava tutto, come se d'un tratto il cervello riattivasse circuiti e collegamenti. Mi tornavano in mente cose che avevo dimenticato, nozioni, immagini e parole, come in quel film bruttissimo che ho visto con mio fratello la settimana scorsa e a lui, che è di bocca buona, è piaciuto tanto: *Limitless*. Un film in cui il protagonista, uno scrittore sfigato, prende una droga che lo trasforma in genio della finanza e autore di best seller. Anch'io, con Sara, ero diventato senza limiti. *Horizons*... Orizzonti. Improvvisamente la mia vita aveva nuovi orizzonti, e si chiamavano tutti Sara. Tornano i conti, quando si è molto felici. E anche quando si è molto infelici, ma questo dovevo ancora scoprirlo.

Eravamo sbarcati dal traghetto tra i primi, sulla Golf bianca che mi aveva passato Guido. C'erano pochi turisti, soprattutto stranieri in motocicletta, e alcuni camion che Sara aveva definito misteriosi perché non si capiva cosa trasportassero. Lo aveva chiesto a uno degli autisti, ma lui aveva allargato le braccia come per dire che non capiva l'italiano, poi aveva sorriso e fatto un buffo gesto di saluto sfarfallando con le quattro dita della mano destra un "ciao ciao" incongruo, da macchietta gay. Era l'ultima settimana di maggio.

Quando il portellone del traghetto si era abbassato in un fragore di catene ed eravamo scesi, sobbalzando sulle pedane di ferro, eri rimasta abbagliata dalla luce del mattino.

Ti avevo chiesto se volevi fare colazione a Porto Torres – a bordo avevamo bevuto solo un caffè polveroso – ma avevi mormorato «no, andiamo subito», e poi non avevi pronunciato una parola per quasi tutto il tragitto, fino a Su Olandesu.

Guidavo piano, coi finestrini un po' abbassati per lasciare entrare il profumo di elicriso e di mare, sotto un cielo chiaro attraversato da gigantesche nuvole bianche. Sbirciavo sul tuo bel viso stanco per le poche ore di sonno un'espressione sorpresa che mi riempiva di soddisfazione. Ero sicuro che l'isola ti sarebbe piaciuta. Ci avrei scommesso. Non saprei dire perché, ma sentivo che la Sardegna aveva molto in comune con te.

Dopo mezz'ora di viaggio, con gli occhi pieni di eucalipti, pini marittimi, cespugli d'oleandro e di cisto, cactus, mirti, rocce di granito e di basalto, agavi, colline di pascoli e orizzonti di montagne, avevi parlato: «Non me la immaginavo per niente così».

«Cosa ti aspettavi? Panfili e ballerine?» ti avevo preso in giro.

«Forse... un po'. Non lo so. Ma qui è così... deserto» avevi detto, spalancando gli occhi e sorridendomi, come se non avessi potuto concepire miglior pregio.

Ti avevo stretto un ginocchio con la mano destra e mi ero voltato a guardarti. Le occhiaie scure spiccavano sulla pelle bianca punteggiata di lentiggini. Eri ancora più bella così, un po' segnata, come una bambina stanca. Ti avevo chiesto semplicemente: «Quindi ti piace?», sicuro della risposta.

«Da morire» hai esclamato. «Mi sembra di essere sempre stata qui. È il posto che sognavo senza sapere che lo stavo sognando» avevi detto scuotendo piano la testa, come se tutta quella bellezza ti facesse quasi male, o come se fossi triste per averla scoperta in ritardo.

Ti sei innamorata a prima vista, molto più di me, che apprezzavo le grandi onde e la spiaggia rosata davanti a casa di Massimo ma senza perderci la testa come hai fatto tu. A te piacque tutto, specialmente i posti più solitari e arcaici in cui ti portai in quei dieci giorni di vacanze fuori stagione: le valli dei nuraghi, il Supramonte, le miniere, le rocce enormi e spettrali della Valle della Luna, i pascoli deserti, i sugheri piegati dal vento, le grotte.

Da Orgosolo non volevi più rientrare: sembrava avessi ritrovato il paese dal quale eri stata rapita in fasce. Avevi trascorso ore a guardare i murales, a uno a uno, a comprare tappeti, a chiacchierare con gli anziani che stazionavano sui muretti. Mi costringevi ad attaccar bottone, dicevi che loro preferivano parlare con un uomo. Un tale Zaccaria, alla mia domanda: «Come si sta qui a Orgosolo?», aveva risposto: «Come dappertutto, amico mio, bene e male».

Avevamo pranzato in uno stazzo sperduto in mezzo a un altipiano, verso il Supramonte di Orgosolo, chiamato Sapori del Gennargentu, gestito da una coppia della nostra età. Il marito, in pantaloni di velluto a coste neri e scarponi ai piedi, aveva la barba e gli occhi pazzi da bandito, sua moglie era straniera, forse svizzera, e incinta. Sul pratone davanti allo stazzo tre bambini piccoli tiravano sassi a un maialetto scuro. Il ristorante era enorme, sproporzionato per quel posto isolato e completamente vuoto. Ci avevano servito, su grandi vassoi di metallo, il pranzo migliore che avessi mai mangiato: antipasti di verdure fritte e in umido, tre tipi di salame, frittata, un formaggio fresco che non avevo mai assaggiato prima, carciofi e fave sottolio, il prosciutto crudo più buono del mondo e poi malloreddus di pasta gialla fatti in casa, ravioli al pomodoro ripieni di ricotta di pecora, porcetto, seadas, e alla fine un gigantesco piatto di frutta.

Dopo quel pranzo pantagruelico ci eravamo accasciati sull'amaca tesa tra due lecci ed eravamo rimasti per ore a guardare il cielo attraversato da nuvole bianche e grigie, mentre i tre bambini giocavano intorno, correndo sull'erba. Finché a un certo punto il pratone fu invaso da un gregge di pecore sospinto da un cane bianco e da una coppia di cavalli con un puledro di pochi mesi.

«Lasciami morire qui» avevi sospirato, «insieme a quella pecora nera. Quando la faranno fuori ci sarò io con lei, a grattarle il collo.»

«Non ci vorresti vivere, invece che morire?» avevo chiesto, temendo che dicessi di sì. Ero ancora in quella fase dell'amore in cui avrei voluto esaudire ogni tuo desiderio.

«Non credo che accetteranno di trasferire la Scala a Orgosolo, anche se sarebbe un'idea geniale» avevi risposto, accarezzandomi il petto.

Quei giorni in Sardegna erano stati pieni di premure, emozioni, magie e scoperte. Anche scoperte imbarazzanti.

Quando eravamo arrivati a casa di Massimo, dopo quel primo viaggio estatico in cui non appoggiavi nemmeno la schiena al sedile dell'auto, tanto eri emozionata per quel che vedevi, avevi esclamato: «Non ci credo. Io questo posto l'ho sognato da bambina».

Mentre salivamo i gradini avevi cominciato a raccontarmi un sogno – solo tu puoi ricordare i sogni di decenni prima – che ti aveva terrorizzato quando eri piccola.

Raccontavi seguendomi per casa e lanciando esclamazioni di meraviglia a ogni porta che aprivo. La casa di Massimo è luminosa, coi soffitti alti, intonacata di bianco. C'è una grande cucina con una portafinestra di legno che si apre sul giardino del retro, pieno di pini ed eucalipti, un soggiorno con due divani sui quali ho dormito tante volte e tre camere, una delle quali con un letto matrimoniale piazzato di fronte a una spettacolare vista sul mare.

«Ero sola su una spiaggia davanti a una casa bianca, con le finestre grandi, come questa. Le onde avevano buttato sulla sabbia il cadavere, gonfio d'acqua, di un uomo di colore. Poi l'uomo si era trasformato in un tappeto, io lo srotolavo e c'era dentro mia madre: l'avevano legata dentro quel tappeto perché era impazzita.»

Avevo trovato il tuo sogno inquietante e ti avevo abbracciata senza chiederti niente, anzi, avevo cambiato discorso. Non mi piace sfruculiare nei sogni, e ancor meno nelle paure altrui, credo sia meglio non indulgere in pensieri angoscianti: se posso, li evito.

Me lo hai detto l'ultima sera in cui abbiamo dormito in quel letto di fronte al mare, al ritorno da una cena a base di zuppa gallurese e vino rosso, che tua madre era ricoverata da più di due anni in una clinica per malattie mentali.

Me lo hai confessato piangendo, chiedendomi scusa per non avermene parlato prima. Stavo chiudendo le imposte per andare a dormire. Il giorno dopo avremmo dovuto alzarci presto per pulire la casa e fare le valigie prima di rientrare a Milano. In quella stanza il fragore del mare ti tiene sveglio a lungo se non chiudi le imposte di legno. Avevo voglia di dormire subito, e bene.

Hai detto: «No, lascia aperto, per favore», e ho pensato che volessi fare l'amore col rumore del mare e la luce della luna, come le altre sere. Mi preparavo di buon grado a cambiare disposizione d'animo – avevo sempre voglia di fare l'amore con te, anche quando ero stanco –, ma tu ti sei tolta le scarpe e ti sei seduta sul letto completamente vestita, con la schiena appoggiata al muro granuloso, hai tirato le gambe al petto e, appoggiando una guancia sulle ginocchia, hai sospirato: «Devo assolutamente dirti una cosa».

Avevi un'aria colpevole e un po' esaltata che mi ha messo in allarme e anche segretamente irritato. Non mi sono mai piaciute le confessioni, le scene madri, e speravo che non dovessi raccontarmi qualcosa che avrei preferito non sapere su precedenti amori, o casini che potevi aver combinato prima di rincontrarci. Il Cannonau mi pulsava in testa. Ero stanchissimo e mi scappava da pisciare, ma non mi sono sentito di dirti "aspetta un momento, che prima vado in bagno". In fondo era l'ultima notte del nostro viaggio di nozze.

Hai cominciato a raccontare che tua madre era sempre stata chiusa e silenziosa, fin da quando eri bambina, ma che durante il tuo ultimo anno di superiori – chissà perché, con una predisposizione all'arte come la tua, avevi studiato da geometra – si era ammalata di depressione. Mi hai detto, muovendo le braccia e rimanendo ritta con la schiena, col tono ispirato e fanatico di chi si sta liberando da un peso che è contento di condividere ma anche di ostentare, che la primavera in cui ti stavi preparando all'esame di maturità, da un giorno all'altro, non si era più alzata dal letto, aveva smesso di mangiare.

«Voleva stare chiusa in camera sua, al buio, mandava via sia me che mio padre, non sapeva dire perché non riusciva ad alzarsi e a vestirsi. Mio padre ha interpellato prima il medico di base, che le ha prescritto psicofarmaci che non siamo riusciti a capire se ha preso o buttato via, e poi uno psichiatra famoso di Genova. Sembrava che la cura dello psichiatra famoso stesse funzionando. Ma un giorno di luglio, mentre tornavo a casa per pranzo dopo lo scritto di italiano, ha tentato di buttarsi dal balcone. Mio padre quell'inverno aveva finalmente tolto la rete di protezione di quando ero piccola, ha dovuto rimetterla subito» eri riuscita a scherzare, mentre raccontavi concitata di come l'aveva salvata la vicina di casa mentre era già a cavalcioni sulla ringhiera.

«Da allora abbiamo dovuto farla ricoverare per periodi sempre più lunghi, prima a Genova, poi a Milano. Praticamente, dalla fine della scuola fino a quando ci siamo rivisti, non ho fatto altro che occuparmi di lei, dei medici, delle terapie, dei suoi tentativi di suicidio. Non riusciva a venirne fuori: sembrava stesse meglio, poi improvvisamente smetteva di mangiare, voleva stare al buio e, nei periodi peggiori, appena la lasciavamo sola cercava di ammazzarsi. Il lavoro a Milano me l'ha trovato zia Marta, un modo per stare più vicino alla clinica dove era ricoverata. A un certo punto non ne potevo più. Avevo deciso di smettere di starle dietro proprio il giorno che ti ho incontrato a Linate. Ricordi che stavo tornando da un lavoro con un fotografo idiota? A Sharm el-Sheik quel pazzo cocainomane ne aveva fatte di tutti i colori. Non so perché, ma quel giorno ho capito che se continuavo a dar retta ai matti sarei impazzita anch'io. L'ho fatto per dieci anni, troppi, ho detto basta. Sarà un caso, ma lei ha cominciato a migliorare da quando ho smesso di occuparmene: mio padre adesso dice che tornerà presto a casa, che sembra guarita.»

Hai parlato a lungo, senza fermarti, dondolandoti un po' avanti e indietro e muovendo le mani. Sono rimasto sconvolto dal tuo racconto, ma per motivi diversi da quelli che ti aspettavi. Provavo tenerezza e pena per te, per i dolori e le fatiche che mi stavi confessando e non avevo nemmeno lontanamente immaginato, ma il sentimento prevalente era di offesa per il fatto che non me ne avessi parlato prima.

Ero sorpreso e ferito che mi avessi mentito quando mi avevi detto che i tuoi non sarebbero venuti al matrimonio perché non si muovevano mai da Genova, e per tutte le altre bugie inventate per coprire quella storia.

Non avevo messo in conto che la donna della mia vita, mia moglie, potesse mentirmi. Io non l'avrei mai fatto. Mi fidavo ciecamente di te e mi aspettavo che tu facessi lo stesso. Non era colpa tua, mi rendevo conto che la situazione era eccezionale, ma rimaneva il fatto che mi avevi detto un sacco di balle. Un po' come se mi avessi tradito. E un tradimento a dieci giorni dalle nozze, rivelato l'ultima notte di luna di miele, era più difficile da digerire della dannata zuppa gallurese che mi avevi fatto ordinare.

Mi dicevo: "Non avrà mica pensato che non l'avrei più voluta se avessi saputo che sua madre è pazza?". Non riuscivo ad accettare che non ti fossi fidata di me.

Dovetti consolarti, ma nessuno consolò me. Quella rivelazione fu la prima delle grandi e piccole delusioni che mi hai inflitto in questi anni. Avrei voluto proteggerti, volevo amarti, ma da qualche parte, dentro di me, si era annidata la sgradevole consapevolezza che qualcosa – una decisione tua – aveva già intaccato la perfezione del nostro matrimonio appena nato.

Fu la prima delle tante volte in cui mi hai fatto sentire inadeguato.

Quella notte dormii un sonno rabbioso, tormentato dal rombo del mare infuriato, pensando con fastidio e qualche traccia di paura, nel dormiveglia, al viaggio in traghetto che avremmo dovuto affrontare il giorno dopo, tra le onde agitate, e alla vita che ci aspettava di lì in avanti: non più limpida e trasparente, ma già intorbidita da un colpo a tradimento.

La mattina, dai vetri che non avevamo oscurato con le imposte, entrò in camera un'aurora rosata. Mi avevi abbracciato dicendo che avevi freddo e avevamo fatto l'amore senza svegliarci del tutto e senza parlare, poi avevamo dormito ancora, a lungo, e quando ci eravamo risvegliati c'era una splendida giornata di sole. Una giornata improvvisamente estiva, col mare piatto: su quella spiaggia i venti cambiano da un giorno all'altro, era una delle tante cose che ti erano piaciute, e avevamo rifatto l'amore. Poi avevamo dormito ancora e al risveglio era mezzogiorno e dovevamo partire.

Preparammo le valigie in fretta e, mentre le caricavo in macchina e innaffiavo le piante come mi aveva chiesto Massimo, avevi pulito velocissima tutta la casa. Eri bella in bikini, coi guanti di plastica gialla e i capelli raccolti, mentre spazzavi per terra, davi lo straccio, pulivi bagno e cucina con una spugna e vuotavi i cestini della spazzatura. Avevo scherzato su quanto mi piacevi in versione cameriera sexy, e tu per ridere mi mandavi baci con la bocca a cuore e protendevi il seno, sollevandolo con le mani guantate di plastica. Ti avrei scopata ancora, se non fossimo stati in ritardo.

Siamo tornati a casa più ammaccati di quando eravamo partiti, ma più vicini, o almeno così avevo deciso che doveva essere.

Conobbi tua madre due mesi dopo. Dovetti insistere perché mi portassi a Genova a dirle che eri incinta. Tuo padre Rino era magro come te, stessi occhi grigi. Parlava poco, fumava molto, mi piacque. Mina mi sembrò una persona gentile, un po' rigida. Pensai che non sembrava tua madre, perché non era bella. I tuoi mi parvero i genitori più normali del mondo, come quelli che invidiavo ai miei compagni di scuola da piccolo: nessuno avrebbe mai potuto indovinare i problemi di tua madre, vedendola così. Ma adesso era finito tutto, avremmo avuto un bambino, saremmo stati bene; loro sarebbero stati contenti, gli avremmo portato il nipotino a Genova e qualche volta saremmo andati tutti insieme al mare.

Pensai che la nostra vita, la loro, la vita di tutto il mondo sarebbe ricominciata da noi.

10

Sto suonando il concerto di Schumann alla Carnegie Hall con la Chicago Symphony. Lo sento così profondamente che mi commuovo. Sono esaltato, sono felice. All'improvviso entra un corno a rovinare tutto, maledetto pazzo. In un istante passo dalla gioia alla rabbia, finché capisco che il corno è la sveglia del cellulare e che sto sognando.

Guardo l'ora. Le sette? Perché la sveglia? Chi ha puntato la sveglia alle sette? Dov'è Sara?

Mi giro nel letto, spengo la suoneria, accendo la luce sul comodino. Cos'è questa storia? L'avevo puntata alle otto e mezzo per andare in palestra, sono sicuro.

Mi siedo sul letto. Che cazzo di freddo.

Ti alzi sempre senza sveglia tu, l'avrai messa per sbaglio, stamattina. Ma perché sul mio telefono? Il tuo era scarico? E dove sei? Sarai in bagno. Devo andarci anch'io, mi alzo.

Il bagno è vuoto, guardo in cucina e non ci sei, in soggiorno nemmeno. Cammino nel corridoio buio, mi viene incontro Graffio miagolando e mi si struscia contro i polpacci. Il pavimento è gelato. Sei già uscita? Senza dire niente? Apro piano la porta della stanza dei ragazzi, forse ti sei infilata nel letto di Carlo. Ogni tanto di notte lo fai, se litighiamo, ma ieri non abbiamo litigato, mi pare. O sì? Ma no. Sono venuto a letto prima di te, ti ho aspettato cinque minuti, poi sono crollato. Ho ancora gli arretrati di sonno dalla tournée giapponese.

La stanza dei ragazzi è un casino. Libri per terra, zaini per terra, calzini per terra, dinosauri per terra, ma tu non ci sei. Elia dorme con un braccio penzoloni fuori dal letto e la guancia spiaccicata contro il legno rosso del letto a castello. Carlo, di sotto, è raggomitolato contro il muro. I vetri della loro camera sono appannati come se di notte i due animali emettessero vapore acqueo. Da Maria non entro, ha il sonno leggero e non vuole nessuno nel suo letto, neanche il gatto, si blinda dentro per non farlo entrare. Lì non sei di certo.

Nel bagno dei ragazzi la ciotola di Graffio è piena, in cucina la tavola è apparecchiata per la colazione. Che freddo fa a quest'ora, devo mettere i calzini e devo andare in bagno, però prima torno all'ingresso per vedere se il tuo cappotto grigio è appeso all'attaccapanni. Non c'è. Nemmeno la sciarpa e neanche la borsetta nera, né le chiavi sulla mensola col portachiavi orso di peluche che ti ha regalato Carlo.

Sarai uscita a comprare qualcosa, forse mancano i biscotti preferiti di Maria o il latte ad alta digeribilità di Elia. Sei tu che gli hai dato queste abitudini, fosse per me, mangerebbero quel che c'è.

Sono le sette e cinque adesso, la sveglia dei bambini è tra un quarto d'ora. Eppure lo sapevi che oggi volevo dormire fino alle otto e mezzo e poi andare in palestra... arriverai entro cinque minuti. Vado in bagno a pisciare che me la faccio addosso, con questo gelo poi.

In cucina c'è la mia moka pronta: accendere il fornello è la prima cosa che faccio appena alzato. Accanto alla mia tazza con la faccia di Beethoven preparata sul piano di marmo, accanto alla zuccheriera, c'è una busta bianca con scritto il mio nome. È la tua grafia. Una busta per lasciarmi detto che scendi a prendere il latte? Siamo formali, stamattina. Mi avrai scritto un'altra delle tue lettere dolenti e chilometriche, era un po' che non lo facevi. Non muoio dalla voglia di leggerla: sono anni che scrivi le solite cose, non vere, che mi descrivi in un modo in cui non mi riconosco, che pretendi di sapere quello che penso e sento, ma il più delle volte sbagli. Lascerò che ti sfoghi. Parli da sola, ormai. Fammi pisciare, almeno, prima di leggerla. Intanto, apro la busta. Dentro c'è un foglio di carta da lettera, lo spiego, sono poche righe, meno male.

La tua scrittura è inconcepibile per una persona che disegna come disegni tu, ma stavolta ti sei sforzata di scrivere meglio, anche se ti pendono le T e le L da tutte le parti. Non leggo senza occhiali, con questa luce fioca. Dove li avrò messi?

Torno in camera da letto, saranno sul comodino. Non ci sono, dannazione... Aspetta, li ho lasciati ieri sera sulla mensola del bagno per leggere il foglietto di istruzioni dello shampoo anticaduta. Vado in bagno, così finalmente mi libero la vescica, la tavoletta è ancora alzata da ieri sera, segno che hai usato il bagno dei bambini. Lo fai, ogni tanto, per non disturbarmi. Vado in cucina, mi siedo al tavolo, infilo gli occhiali e cerco di decifrare la tua scrittura aggrovigliata:

Arno, devo partire. Sai quando devi fare una cosa per forza? Ho bisogno di stare da sola, di andare a caso, di uscire dalla gabbia che mi sono costruita. Non ti dico dove vado né quando torno perché non lo so. Pensa tu a cosa dire ai bambini.

Ciao, S.

È uno scherzo. I primi anni me ne facevi, di divertenti. Però il ventun dicembre, quattro giorni prima di Natale, con tutto quello che c'è da fare per partire dopodomani, non mi sembra momento da scherzi e questo non fa neanche ridere. Ti chiamo.

Il cellulare è staccato. È uno scherzo, va bene, starò al gioco, meglio così di quando fai la vittima o scrivi lettere assurde... ma cosa dico ai bambini, adesso? Niente, dirò che la mamma è uscita prima del solito. Mando a scuola Maria, accompagno i ragazzi... entro le due, quando rincasa Maria, sarai tornata, appena esci dallo studio ti precipiti sempre a casa per mangiare con lei. Quando ho provato a invitarti a pranzo in centro come facevamo una volta mi hai detto che avevi paura si scottasse con l'acqua della pasta, se la lasciavi da sola. Io, alla sua età, preparavo ogni sera la cena per me e Guido. Comunque oggi non lavoro, starò a questo gioco scemo, rimarrò a casa, anche se stamattina avevo solo voglia di andare in palestra, correre, sudare e poi farmi una bella sauna e la vasca di reazione con l'acqua ghiacciata. E magari un massaggio svedese col massaggiatore nuovo: ha detto Guido che ne vale la pena. Anzi, ora li porto a scuola e ci vado lo stesso in palestra, che cavolo.

Tra poco ti chiamo al lavoro e fingerò di aver trovato il tuo scherzo divertente. Adesso sveglio tutti e mi butto sotto la doccia. Che palle fare le cose in fretta, che scherzo cretino, Sara, a quarantatré anni, quattro giorni prima di Natale, sei proprio una ragazzina, quando crescerai?

Ho chiamato in studio alle nove, non è ancora arrivata. Ho richiamato dopo la palestra, alle undici e mezzo. Non è andata. Dove accidenti sei finita, Sara? Ho improvvisato che forse dovevi andare a Genova da tuo padre, che non ero sicuro... le vacanze iniziano dopodomani, che bell'idiozia ti sei inventata stamattina. Il cellulare è ancora staccato. Aspetterò Maria a casa, non si sa mai che la fai lunga con questa stupidaggine. Le preparerò una pasta al pomodoro. O al burro, che tu non la fai mai e a lei piace.

Continui ad avere il telefono spento. Che silenzio c'è, al mattino. Entra anche una bella luce, da mezzogiorno. Graffio dal tavolo di cucina si è trasferito sulla poltrona del soggiorno, quella rigida davanti alla finestra dove leggi tu. Metto un po' di musica. La *Sonata in Si maggiore* di Schubert. Che figo era Richter. Dicevano che da giovane studiasse dodici ore al giorno, ma lui negava: «No, mai più di tre». Anch'io mai più di tre, ma non me ne vanto.

Ora mi leggo il giornale on line. Non si sta male, a casa, la mattina, senza nessuno. D'ora in poi mi sa che il lunedì, invece di passare la mattina in palestra e andare a colazione con Guido, me ne torno qui. Magari mangio con voi, una volta alla settimana. Preparo io e quando arrivate pranziamo insieme.

Suona il campanello, eccoti finalmente!

Premo due volte il pulsante che apre il portone d'entrata e spalanco la porta di casa. Sento uno scalpiccio sulle scale, arriva Maria trafelata: «La mamma?». È da sola.

Ero convinto che saresti andata a prenderla a scuola, per farle una sorpresa. Non mi sono preparato niente da dire, ero sicuro che saresti tornata con lei. Improvviso: «È dovuta andare via». Maria è perplessa: «Via? Via dove? Senza dirmelo?».

Per fortuna non fa altre domande. Si siede a tavola, mangia la pasta al burro in silenzio, assaggia appena la mozzarella che le ho tagliato a fette, si alza senza sparecchiare il suo piatto e si butta sul divano del soggiorno, davanti alla televisione. L'accordo con te è che dopo pranzo può guardare mezz'ora di televisione «per riposarsi». Dici sempre che quando torna a casa dopo cinque ore di scuola è stravolta, che non parla. In effetti è stravolta e non parla. Ce la lascio anche due ore io davanti alla televisione, ma adesso devo pensare a cosa fare, se questo scherzo continua, perché i ragazzi escono alle quattro e mezzo.

Mi sa che oggi Carlo ha violino ed Elia qualcos'altro, non mi ricordo chi va da solo e chi con la mamma di chi... richiamo Sara. Staccata. Voleva farmi capire come è fatta una sua giornata? Lo so come sono le sue giornate, cazzo, l'ha scelto lei di lavorare part time, ha scelto lei tutto: di non avere baby-sitter, di rimanere a casa coi figli per anni, di fare solo lavori inutili, di non provare a pubblicare Katrina. Ha deciso tutto da sola, sempre, non può darmi la colpa di niente, si è scelta lei la vita che fa, cazzo, porca puttana, ora mi sto incazzando, non è che diceva sul serio in quel biglietto? A chi posso telefonare? A suo padre? Forse è andata a Genova. L'ha appena fatto, di scappare un giorno al mare. Si era portata i ragazzi, però. Ed era sabato.

Amici non ne ha, un'altra delle sue assurdità: ti pare che una persona che abita a Milano da quindici anni non si sia fatta un'amica? Non che a Genova ne avesse tanti, è sempre stata un lupo solitario. Un tempo ero affascinato dal suo modo di vivere, ma oggi... mi sembra... bizzarro è dir poco. Ha un sacco di conoscenti strampalati che tratta familiarmente, come parenti: la signora dell'alimentari che tiene seduta vicino alla cassa la madre con l'ictus, il professore di greco rimbambito che esce solo col badante senegalese, il badante senegalese che accompagna il professore rimbambito, la portinaia peruviana del palazzo di fronte, l'insegnante giapponese di violino di Carlo... ma questi non sono amici veri, normali. Non è che posso chiamare la portinaia e chiederle se sa dove è sparita mia moglie, cazzo. Mi sto arrabbiando. Maria tra poco mi viene a chiedere dov'è sua madre e io cosa le rispondo? Che non lo so? Che quella pazza di sua madre quattro giorni prima di Natale mi sta facendo un cazzo di scherzo idiota o che è sparita davvero, partita per non si sa dove, questa deficiente, infantile, cretina?

Speravo che Maria si lasciasse ipnotizzare dalla tv come al solito, invece alle tre l'ha spenta e mi è comparsa davanti, in cucina, mentre mi sto preparando un caffè. Sono troppo incazzato per mangiare.

«Dimmi dov'è la mamma» mi chiede. Ha undici anni, quasi dodici, li compie tra un mese, io alla sua età mi sentivo adulto... le dico la verità.

«Non lo so. Ha scritto in un biglietto che andava via per un po', ma credo mi stia facendo uno scherzo, sai com'è la mamma. Forse è stressata per il Natale o forse vuole farmi capire qualcosa della vita che fa» le rispondo, tranquillo.

Maria mi guarda: «Fammelo leggere, il biglietto». Glielo mostro. Legge, rilegge, me lo restituisce: «Non è uno scherzo, è andata via davvero». Questa poi.

«E tu come lo sai?» la prendo in giro.

«Lo so. È mia madre» risponde. Sembra stia per piangere, poi dice: «Elia oggi dopo la scuola va in piscina con la mamma di Filippo, lo riporta a casa lei dopo le sei, Carlo ha violino qui alle cinque, esce da scuola alle quattro e venti, vai a prenderlo tu?».

So che non dovrei farlo, ma mi viene naturale chiederle: «Cosa gli diciamo?».

«La verità, cosa vuoi dirgli? Che è andata via.»

«Quattro giorni prima di Natale? Che assurdità. E poi sono sicuro che non è andata via. Che è uno scherzo.»

«Papààà» strilla Maria, «non è uno scherzo...!»

Rispondo bruscamente: «Ma cosa stai dicendo, cosa ne sai tu?».

Si mette a piangere. La abbraccio. Che situazione del cazzo, Sara, ci sei riuscita a farmi finire nel melodramma, eh? Sarai contenta. Accarezzo la testa di Maria, le dico che prima che lei nascesse me ne facevi tanti, di scherzi, che tu in realtà sei più giocherellona di quello che sembra. Smette di piangere: «Lo so benissimo com'è la mamma, abbiamo sempre giocato insieme, ma questo non è uno scherzo».

Tira su col naso, poi dice che va in camera sua a studiare francese, che domani ha l'ultima verifica prima delle vacanze.

Vado a prendere Carlo alle quattro e venti, lo aspetto fuori da scuola, sul marciapiede, in mezzo all'assembramento dei genitori. Le quinte usciranno tra dieci minuti, potrei anche aspettare Elia per salutarlo, ma forse è meglio rimandare le spiegazioni alle sei, quando rientrerà dalla piscina. Anche se sono sicurissimo che entro le sei Sara torna, me lo sento.

Che caos tremendo, non è il modo di far uscire i ragazzi da scuola. Tutti i genitori ammassati sul marciapiede al gelo e i bambini che sbucano da un budello di portone, con la maestra che se non vede il genitore non molla il bambino, ma come fa con questo casino a vederlo? Ci sono soprattutto mamme, nonne, baby-sitter e qualche nonno. Pochissimi padri. Riconosco il padre di un compagno di Carlo, uno di quelli che l'anno scorso rimaneva più spesso a cena da noi... Sara mi aveva detto che era un manager, e ora è qui sul marciapiede in jeans e piumino. Fa un cenno e un sorriso di complicità, come a dire "siamo gli unici due padri, eh...".

Quando la terza di Carlo si affaccia al portone, lo distinguo subito tra gli altri, è il più biondo della classe, ha preso da mia madre, mentre io ho i capelli neri di Guelfo, come Maria. Si ferma sui gradini per scrutare la folla ma non mi individua, nonostante mi stia sbracciando nel casino di mamme con bimbi piccoli nel passeggino, nonne con ombrello aperto anche se piovono solo due gocce, baby-sitter con cani al guinzaglio. Non mi trova perché non è abituato a vedermi qui, cerca la faccia di Sara. La maestra gli fa un cenno e mi indica – che brava, mi ha visto così poche volte –, e lui corre verso di me sorridente, non chiede dov'è la mamma e io non do spiegazioni, due ore guadagnate.

Dice solo: «Che bello che sei venuto tu. Prendiamo la cioccolata calda con la panna al bar che prima di violino ho bisogno di energie?». Deve essere la scusa che si era preparato con Sara per ottenere uno strappo all'assurda regola della «cioccolata solo nei giorni di festa».

Carlo è l'unico dei miei figli che potrebbe avere un vero talento per la musica. Tutti suonicchiano, ma l'unico che lo fa con passione è lui. Elia studia pianoforte senza entusiasmo, Maria non ne parliamo. Questo figlio non previsto è venuto fuori così: biondo come un tedesco, allegro, talentuoso. Per lui sembra tutto facile.

Entriamo nel bar di fronte alla scuola, ci sediamo, ordino una cioccolata anch'io, è dolce e confortante. Non ho fatto colazione e non ho pranzato, ho bevuto solo due caffè da stamattina e un litro d'acqua coi sali minerali in palestra, che giornata assurda. Però, adesso, seduto in questo bar affollato di bambini, zaini, mamme, con Carlo e le nostre cioccolate calde con la panna, sono sicuro che il tuo è uno scherzo, o forse un regalo: volevi farmi sperimentare un pomeriggio coi bambini, una giornata a casa... non è male, sai? Hai fatto bene a obbligarmi a provare. Magari d'ora in poi il lunedì, che non lavoro quasi mai, sto io con loro, e tu ti prendi una pausa, vai al cinema, a una mostra. Oppure pranziamo tutti insieme.

Faccio per telefonarti e dirtelo, quel che ho deciso, voglio ringraziarti per avermelo fatto capire, ma preferisco non rischiare di non trovarti davanti a Carlo. Tanto sono sicurissimo che prima delle sei, quando terminerà la lezione di violino ed Elia rientrerà dalla piscina, sarai tornata anche tu. Bene gli scherzi e i regali, ma non faresti mai agitare i bambini, sono sempre stati il tuo primo pensiero, anche troppo.

Arriviamo a casa e l'insegnante è già seduta al tavolo del soggiorno. Maria le ha preparato un tè, come è brava quando vuole, altro che scottarsi con l'acqua bollente. Eiko parla con un accento da film comico: «Buonasera Arno. Pronto per ultima lezione prima di Natale, Carlo?». Sara dice che Eiko è spiritosa, ma non me ne sono mai accorto. È brava, e mi basta: l'ho conosciuta ai Pomeriggi Musicali, è una ragazza che farà strada.

Ho un'ora di tempo. Hai un'ora di tempo per tornare, Sara. Ti aspetto. Appena ti vedo ti bacio con la lingua, davanti a tutti. Una volta mi hai detto che non lo faccio più. Che ti bacio in bocca solo quando facciamo l'amore. In effetti non mi viene da baciarti in bocca, se non facciamo l'amore, ma è normale dopo tanti anni di matrimonio. Sapessi cosa fanno certi miei colleghi in tournée... altro che non baciare la moglie in bocca.

Mi siedo al computer, rispondo alle mail arretrate, guardo le previsioni del tempo per dopodomani ad Anghiari. Freddo becco. Sono tentato di scrivere a Massimo, ma per dirgli cosa? "Sara è sparita da dieci ore, mi sta facendo uno scherzo che forse è un regalo, come quando stavamo in via Gola, te la ricordi la casa col soppalco dove dormivi mezzo nudo sul divano?"

A lui potrei dirlo e magari lo farò. Tanto ora arriva di sicuro.

Alle sei Eiko chiama dal soggiorno: «Io vado. Posso lasciare regalo per cara Sara?» dice porgendomi un pacchetto azzurro. Non so cosa risponderle. Perché stai tardando tanto, Sara? Ti perdi gli auguri di Eiko, sono certo che avevi anche tu un regalo da darle, uno dei tuoi regali creativi, un disegno, una pietra, un libro degli anni Settanta. Fai sempre bei regali a tutti, tu. A me ne hai fatti tanti, anche se ogni anno sono meno originali... Parlo io che ti regalo sempre orecchini, o borsette che non usi mai.

«Buone feste anche a lei» dice Carlo, educato. Mi guarda perplesso. Si starà chiedendo dove è finita sua madre. Mentre accompagno Eiko alla porta suona il citofono. Eccola! Eccoti, amore mio. Che entrata spettacolare, brava, hai calcolato i tempi al millesimo, hai sempre avuto un istinto teatrale, tu. Modulo un «sììì» affascinante – almeno credo – al citofono, ma sento gracchiare in risposta un «buonasera, glielo mando su».

È la madre di Filippo che accompagna Elia, cazzo, non sei tu. Apro, urlo «grazie» nel citofono e sento Elia salire i due piani di scale correndo, mentre Maria esce dalla sua stanza ed Eiko esce di casa. Ci ritroviamo tutti e quattro all'ingresso: Elia con il piumino addosso, Carlo con il pacchetto di Eiko in mano, Maria con l'iPod infilato nelle orecchie. Mi guardano tutti, mi fissano con aria interrogativa, come a dire "cosa ci fai qua tu, che non ti abbiamo mai visto in casa a quest'ora, dov'è nostra madre?". Io sorrido e dico allegramente: «Ragazzi, la mamma mi ha fatto uno scherzo di Carnevale a Natale. Mi ha lasciato un biglietto con scritto che andava via qualche giorno. Si accettano scommesse: secondo voi torna prima o dopo cena? E soprattutto, cosa si mangia stasera?».

Carlo ride, Elia guarda incerto sua sorella, Maria alza gli occhi al cielo ma accenna un sorriso. Nessuna tragedia. Ce la possiamo fare. Che cazzo di scherzo cretino mi stai facendo, Sara. Volevi mettermi in difficoltà di fronte ai miei figli? Non ci riuscirai. Io ci sono, cosa credi? Faccio un lavoro di responsabilità, mica come te che hai scelto di non rischiare, di nasconderti in casa. Io ci sono sempre stato per la mia famiglia, per te, per i ragazzi, non mi sottovalutare, Sara, sono più di dieci anni che mi sottovaluti e io mi sto rompendo le palle. Vuoi fare la matta prima di Natale? Cosa vuoi dimostrare? Accomodati, Sara, io sono qui.

Sono quasi le dieci di sera e ho appena spento la luce in camera dei ragazzi, dopo avergli letto una storia lunghissima. Gli ho dato la buonanotte promettendo con aria da cospiratore che domani «risolviamo il giallo della mamma», quando mi arriva sul telefono una tua mail spedita dall'iPhone. La leggo tre volte.

Ciao Arno, ho preso un treno stamattina presto. Vado via per un po'.

Mi dispiace per il Natale, ma non è davvero importante passarlo insieme, i ragazzi lo sanno quanto gli voglio bene e capiranno che la mamma ha bisogno di stare sola, in fondo sono dodici anni che non li lascio mai. So che te la cavi e che Rino e Klara capiranno. Ti scrivo tra qualche giorno, preferisco non sentirvi al telefono se no magari non ce la faccio a stare via, ma devo, credimi, devo, se no non lo farei.

Un bacio, S.

Via per un po'? Non è importante vedersi a Natale? Questa è impazzita come sua madre.

La chiamo subito, il telefono è staccato. Le scrivo di getto:

Sara, torna subito, per favore. Appena è possibile ci organizziamo e vai dove vuoi, ma ora ho bisogno di te, non ero preparato, e poi è Natale. Ti amo tesoro, torna subito.

È la notte tra il ventuno e il ventidue dicembre. Fuori si gela, il termometro sul balcone segna meno tre. Ci sono le stelle. Non avevo mai visto le stelle a Milano, d'inverno, o non ci avevo mai fatto caso.

Controllo le mail sul telefono ogni due minuti, ma Sara non risponde. Alle dieci e un quarto vado in camera di Maria a leggerle la mail di Sara e la mia risposta, le dico che ti convincerò a tornare, provo a scherzare, a buttarla sul ridere. Le faccio il solletico, la abbraccio. Sto cercando di metterla coi ragazzi come fosse un gioco, di sdrammatizzare, e per ora mi pare di riuscirci, anche se sono incazzato nero. I bambini mi sembrano sereni, come se il gioco della mamma in fuga in fondo gli piacesse, come fossimo dentro uno di quei gialli di Geronimo Stilton che leggono loro: *Il mistero della mamma scomparsa*. Maria è più strana, ma non disperata o triste, solo strana, misteriosa. Sembra quasi che se lo aspettasse, anche se è assurdo pensarlo. Va a dormire dopo avermi abbracciato forte, un abbraccio adulto, quasi protettivo. Come è diventata grande questa bambina, in poco tempo.

Guardo la televisione fino all'una e mezzo. Prima serata, seconda serata, terza serata, faccio zapping, non vedo nulla di quello che guardo, controllo il cellulare ogni tre minuti, provo a chiamarti dieci volte, guardo canali satellitari che non sapevo nemmeno esistessero.

Alle due ti scrivo una mail:

Sara, questo è un comportamento irresponsabile, non puoi farmi una cosa del genere. Cosa dico a tuo padre, cosa dico ai miei che ci aspettano ad Anghiari per Natale, a mio fratello, ai tuoi colleghi, a tutti quelli che ci chiameranno per gli auguri? E dove accidenti vai? Vuoi passare il Natale da sola? Ti deprimerai, tra ventiquattro ore starai male, ti pentirai. Torna subito. Se torni domani, dopodomani partiamo tutti insieme per Anghiari come al solito. Fallo, Sara, ascoltami, fidati per una volta, se no diventa imbarazzante e brutto per tutti ma soprattutto per i bambini. Guarda che gli ho detto la verità, l'ha deciso Maria, ha letto il tuo biglietto e anche la mail, sta reagendo bene ma ha pianto, ti sembra una cosa da fare ai tuoi figli e a tuo marito, questa? A Natale? È un gesto da egocentrica, da sciroccata e anche da stronza, non puoi non rendertene conto, sei troppo intelligente.

Comunque torna, e ne parliamo. Mi sta bene tutto, se hai bisogno di stare da sola starai da sola, ma non così, non adesso. Per favore, Sara, non fare cazzate, ti aspetto. A.

Dopo aver spedito la mail mi addormento sul divano. Mi sveglia alle sette e un quarto Maria in pigiama, scrollandomi e chiedendo: «Ha risposto?».

Controllo, non ha risposto. Non ci credo. Non ci credo che fai sul serio, Sara. Non puoi farmi una cosa così.

11

«Asso di spade. Finalmente. Non puoi vincere in eterno.»

Con Rino abbiamo preso l'abitudine di giocare a carte ogni sera, se sono a casa. Lui non esce mai. Porta Lampo e Fracassa ai giardini prima di cena e di nuovo prima di andare a letto, per fumare l'ultima sigaretta.

Klara dormiva in camera coi ragazzi, lui dice di puzzare di fumo e preferisce stare sul divano del soggiorno. «A me piace il divano, ci ho dormito fino a che me l'ha confiscato Sara. Da bambina pretendeva di dormire nel lettone con sua madre. Ma a tredici anni ha rivoluto il suo divano», l'ho sentito raccontare a Maria.

Non so come avrei fatto senza mio suocero. Le quattro settimane che Klara è stata con noi i ragazzi si sono divertiti, ma era tutto un casino. Quando sono finite le vacanze di Natale ed è iniziata la scuola, una mattina su due Klara non si svegliava in tempo per accompagnarli, anche le mattine dopo i concerti, quando avrei voluto dormire. Maria, che ormai si alza e va a scuola da sola, irrompeva in camera mia isterica, spalancando la porta alle otto meno dieci e urlando: «Io esco, i bambini e la nonna ronfano, devono muoversi tra un quarto d'ora, alzati papà!».

Klara è contraria alla sveglia meccanica, dice che lei si sveglia con la luce naturale, ma a gennaio a casa nostra la luce naturale arriva quando arriva... Se andavo a chiamarla bisbigliava in tedesco: «Non è mai morto nessuno per un ritardo a scuola, Arno».

Diverse volte ho accompagnato io i bambini, infilandomi i jeans sopra il pigiama, e una mattina i pantaloni del frac.

Klara si rifiuta di fare le cose in fretta. Cerca «il passo giusto», in tutto. Dice che ogni cosa ha il suo ritmo, e che «bisogna vivere in sintonia con l'energia dell'universo».

Forse ha ragione, ma qui non siamo tra le dune di Amrum o in campagna ad Anghiari: a Milano il passo giusto in una famiglia con tre bambini che vanno a scuola è un passo frenetico. In mancanza dei cibi della filiera corta di Anghiari ci preparava cose assurde comprate al negozio macrobiotico: tofu, riso nero, roba da cocorite. I ragazzi non mangiavano quasi niente e certi pomeriggi, se erano affamati, li lasciava andare al McDonald's o a prendere il kebab, da soli. Quando l'ho scoperto mi sono arrabbiato: «Carlo ha otto anni, i bambini a Milano non escono da soli, a quest'età» le ho detto cercando di non alzare la voce, perché lei «non lo accetta».

E Klara: «Prima diventano indipendenti, meglio è. Non c'è motivo di covarli nel nido. Tu all'età di Carlo dormivi in casa da solo e ti occupavi di tuo fratello piccolo». Non le ho mai detto che avevo paura, quando restavamo soli: ha quasi settant'anni ormai, ed è felice della vita che fa. A cosa servirebbe che le dicessi... Forse però, a pensarci bene, è meglio fare come lei, abituarti a star solo fin da piccolo invece che non lasciarti mai e poi sparire di colpo, da un giorno all'altro, come ha fatto Sara.

Sembrano sereni, ma chissà come stanno davvero i miei bambini. Abbandonati dalla madre alla vigilia di Natale come in un cazzo di racconto patetico. Nemmeno Hänsel e Gretel.

In una spedizione al negozio dei kebab, due giorni prima che Klara tornasse ad Anghiari, Elia è inciampato in un tombino e si è massacrato un ginocchio. Correvano per la paura e l'eccitazione di essere soli.

«La prossima volta starà più attento», è stato il serafico commento di mia madre.

Quando finalmente è partita, lasciando un conto di trecento euro al negozio macrobiotico dove comprava frutta e verdura ammaccate, ho tirato un sospiro di sollievo.

Rino non fuma in casa, anche se gli ho spiegato che, con lo smog di Milano, non moriremmo per le sue sigarette. Va sul balcone della cucina, anche quando si gela. Ci ha sistemato la sedia di plastica bianca e un tavolino sbilenco che avevamo portato in cantina. Sopra al tavolino ha messo il portacenere di lava che gli ha regalato Elia. Faceva parte della sua collezione di minerali ma glielo ha donato di slancio: Elia va matto per suo nonno Rino, e per Lampo e Fracassa, che si sono rivelati due signori cani.

Piacciono persino a Graffio, che li annusa con rispetto, mentre loro lo ignorano nobilmente. Ero preoccupato all'idea di avere in casa quei due vitelli, ma mi sono dovuto ricredere. Sono più educati loro dei miei figli, e anche più puliti, soprattutto di Maria. In questo periodo bisogna litigare per convincerla a farsi una doccia, pensa solo ai capelli. Si è fatta fare dalla madre della sua amica Rocky, senza chiedermi il permesso, un assurdo taglio asimmetrico: corti dietro con una frangia lunghissima da deficiente davanti, e si mette la cipria bianca in faccia e la matita nera sugli occhi. A dodici anni.

Li ha compiuti il venti gennaio e Sara non ha chiamato né scritto, a quanto ne so io. Maria non ha detto niente, fingiamo tutti che sia troppo lontana per chiamare anche se non abbiamo idea di dove sia. Perlomeno io, a volte sospetto che loro lo sappiano. Sembrano così impermeabili alla sua sparizione. Non so se mi farebbe più male accorgermi che sanno qualcosa che io non so o vederli soffrire. Meglio non pensarci, ora la priorità è affrontare l'emergenza.

Per il compleanno ho regalato a Maria la pianola che chiedeva da un sacco di tempo e mi ha guardato come fossi scemo: «Grazie papà, però... si può cambiare con la chitarra elettrica?».

Maria è negata per la chitarra – non che col pianoforte andasse meglio, ha lasciato dopo il primo anno, ora sta provando il clarinetto –, ma aveva sempre detto di volere una pianola elettrica. Aveva ragione Sara a non volergliela prendere. Elia mi ha detto che Maria vuole la chitarra perché la suona una Demi qualcosa, ma non so di chi parli. Forse dovrei.

Il nostro balcone mai sfruttato, se non per tenerci l'acqua minerale e una piccola collezione di piante grasse di Sara coperte da un telo di plastica, grazie a Rino si è animato.

Lo osservo dalla finestra del bagno, prima di andare a letto, scambiarsi cenni di saluto con altri fumatori del palazzo, che io incontro solo alle riunioni di condominio: la vedova Ciclone, il giovane padre che la mattina con qualsiasi tempo va al lavoro in motocicletta bardato come Robocop, la badante russa dell'ammiraglio del secondo piano.

Col dentista che ha lo studio all'ammezzato Rino va a bere il caffè dopo aver accompagnato i bambini a scuola. Non ho idea di cosa si dicano, ma li ho visti dalla finestra avviarsi insieme al bar, prendendosi a braccetto sotto l'ombrello. Ora capisco da dove viene la capacità che ha Sara di entrare in intimità con le persone più disparate: da suo padre. Sono un miscuglio di orsaggine ed empatia quei due, sanno essere vicini a tutti e a nessuno.

Rino è bravo con le carte, oltre che con le persone. Ho scoperto che la sera mi rilassa di più giocare a carte con lui che guardare la televisione come facevo quando c'era Sara. Adesso che potrei guardarmela in pace, senza avvertire la sua disapprovazione, non l'accendo quasi più.

Chi lo avrebbe mai detto che Rino sarebbe stato il convivente perfetto, meglio di Klara e anche – questo non potrei mai dirlo a lei – meglio di Sara con le sue angosce degli ultimi anni.

Lui parla poco, si occupa dei bambini, fa la spesa, cucina e la sera mi fa compagnia: sesso a parte, è una moglie ideale. Cucina per modo di dire, prepara bistecche, pasta, minestrine in brodo. Tanto io devo dimagrire. In questi mesi senza Sara sono ingrassato, ci ho dato dentro con le schifezze e le cene del lunedì. Maria e i ragazzi mi hanno detto che preferiscono stare a casa col nonno, e io mi sono aggregato al gruppo dei violisti che ogni lunedì sperimenta un ristorante nuovo: ci siamo fatti tutti i migliori della Lombardia. E due chili di pancia. Mi sembra di essere tornato ragazzo, quando si usciva coi colleghi a mangiare dopo il concerto e si parlava dell'esecuzione ma soprattutto del culo di coriste e ballerine. Una sera è venuta con noi Asia, l'arpista romagnola. Si era messa un vestito scollato e mi lanciava sguardi intensi passandosi la mano sul petto e muovendo le dita come quando suona. Sono tornato a casa eccitato e per la prima volta dopo tanto tempo mi sono masturbato pensando a una donna che non era Sara.

«Cinquantacinque, sessantacinque, hai vinto ancora, cazzo.»

«Sono più allenato, cosa vuoi che faccia tutti i pomeriggi a Sampierdarena da quando sono in pensione?»

«Sara che si preoccupava per te, "è così solo, poverino", e intanto tu te la spassavi al bar a giocare a carte e a fumare. E a trincare. Poverino una cippa», lo prendo in giro.

Rino non si offende mai, posso dirgli qualunque cosa e non si scompone, come tutte le persone equilibrate e sicure di sé.

«Non bevo mai di pomeriggio, solo la sera. A proposito, vuoi una sambuca?» mi propone.

«Massì. Hai visto se i bambini dormono?» rispondo alla mia nuova moglie settantenne e canuta.

«Sì, sono andato adesso. Maria l'hai guardata tu?»

«È su Facebook. Alle dieci vado a spegnerle il computer a forza.»

«Vacci piano con lei, se mi posso permettere, Arno: dodici anni sono un'età difficile senza la mamma. I dodici anni di oggi sono i quattordici o quindici di quando era piccola Sara» dice Rino versandosi la seconda sambuca, mentre io devo ancora assaggiare la prima. Non è frequente che Rino nomini Sara e ancora meno che alluda alla sua assenza. Ora che ci penso, non ne abbiamo mai parlato.

«Guarda, non me la nominare. Quando ho saputo che era viva l'avrei ammazzata io» mi scappa detto.

Non ne abbiamo mai parlato da quando Rino è qui: sparire prima di Natale, partire di nascosto... Mi dispiace ma non ho potuto fare a meno di pensare che Sara abbia ereditato qualche rotella fuori posto da sua madre.

Se hai tanto bisogno di staccare e di andartene ma hai tre figli ancora piccoli, prima lo dici, ti organizzi, li prepari, non sparisci da un giorno all'altro. E anche senza figli, sarà un comportamento civile? A me sembra una cosa da matti. Meglio che non ci pensi, che mi viene la rabbia dei primi giorni. Ne parleremo quando potrò guardarla negli occhi: sono tre mesi che ci sentiamo solo via mail, quelle rare volte che si fa viva. Non vuole nemmeno vederci su Skype, dal posto misterioso dove si nasconde. Chissà dove cazzo è finita.

Mesi che non vedo la faccia di mia moglie e che i miei figli non vedono la madre... Se ci penso mi viene voglia di picchiarla, e non mi è venuta neanche quando ho trovato quel maledetto biglietto, il giorno di Natale. Proprio un bel regalo. Era chiuso in un cassetto da anni, cosa mi sarà saltato in mente di aprirlo proprio quel pomeriggio? Cosa stavo cercando? Non mi era bastata la sorpresa di avere una moglie fuori di testa che sparisce quattro giorni prima di Natale? Me lo ricorderò per tutta la vita questo Natale.

«Era una bambina buonissima» dice Rino, finendo la seconda sambuca e versandosene una terza.

Cosa gli succede? Non l'ho mai visto bere tanto, né sentito parlare di cose che non siano strettamente pratiche o quotidiane.

«Sì, prima che sparisse sua madre» commento. Sono acido stasera. Meglio che beva questa dannata sambuca anch'io, magari mi addolcisce. Sinceramente, credo di avere avuto anche troppa pazienza, fin qui, ma Rino che c'entra? Lui sta solo dando una mano, più e meglio di ogni altro, certamente più di mio padre, che è venuto due giorni a Natale e non si è più fatto vivo, quello non cambierà mai. Non so come facesse Sara a dire che gli somiglio, io mi sono sempre occupato della mia famiglia, altro che Guelfo.

«Parlavo di Sara, non di Maria. Era così seria, profonda, intelligente da bambina. Come adesso. Però era più spiritosa, curiosa, aveva mille interessi... era una gioia averla in casa» dice Rino senza guardarmi in faccia, fissando le carte che ha in mano.

Sarà sbronzo? Non ha mai parlato tanto come stasera.

«Eh sì, sarebbe una gioia anche per me averla in casa» cerco di scherzare.

Non vorrei che questa serata prendesse una piega di ricordi su quanto Sara era buona e bella da bambina, non la reggerei. La nostra Sara buona e bella sta rompendo il cazzo da anni, e adesso si comporta come una matta irresponsabile.

«Alle elementari le era venuta la mania dell'erbario, della natura, ma la sua passione vera è sempre stata disegnare. Non faceva altro, tutto il giorno. Animali, paesaggi, seduta al tavolo della cucina, per ore. A matita o a china. Si era inventata il fumetto di un gatto che si chiamava Nero, come il nostro. Le Avventure del Gatto Nero. Faceva morir dal ridere...»

«Sarebbe ancora brava. Te l'ha mai mostrato il fumetto che disegna adesso, Katrina, la cacciatrice di nazisti? Ma è sempre stata così insicura... forse anche pigra, diciamocelo, Rino. Peccato che non abbia voluto studiare disegno, le avrebbero insegnato un metodo...» mi metto a cianciare. Non posso pretendere che mio suocero stia qui due mesi a occuparsi di tutto e non dargli un minimo di corda l'unica sera che gli vien voglia di parlare di sua figlia.

«Ti ha detto così? Che è stata lei a scegliere Geometri?»

Rino appoggia le carte sul tavolo e mi fissa. Ha gli occhi grigi, identici a quelli di Sara, ma velati, come gli occhi dei vecchi, vitrei e lontani.

«Sì, perché? Non è vero? Mi ha detto che pensava di non avere una gran mano artistica, sai com'è lei... che preferiva avere un diploma sicuro e che poi ha dovuto mollare Architettura per la storia di sua madre...» Mi interrompo di scatto. Di questo argomento con mio suocero non abbiamo mai parlato e ora non me la sento di continuare. Sua moglie è morta da sei anni, quello che è stato è stato. Siamo finiti proprio sul terreno che più volevo evitare e per colpa mia, cazzo, merda, sono uno scemo.

Il fatto è che ce l'ho sulla punta della lingua da mesi che forse Sara è matta come sua madre, ma non è certo una cosa che posso dire a Rino, questa. Tutto ma non questo, a tutti ma non a lui.

Mette via le carte. Si passa una mano sulla fronte, prende una sigaretta dal pacchetto e dice: «Vieni con me sul balcone».

Sul balcone? A quest'ora?

«Rino, fa freddo sul balcone, devo andare da Maria a dirle di spegnere il computer, ti va se parliamo dopo?» provo a farlo desistere.

«Devo parlarti adesso» dice.

Ha un'aria risoluta che non gli ho mai visto.

Ci siamo, vuole raccontarmi di sua moglie, degli esaurimenti nervosi di Mina, dei tentativi di suicidio. "Mina la matta" l'ho chiamata qualche volta dentro di me, in segreto. Come faccio adesso a dirgli che so già tutto, che non lo voglio sapere quello che ha da rivelarmi?

«Non hai bisogno di dirmi niente Rino, il passato è passato. Dico a Maria di spegnere e ci facciamo un'altra partitella in cucina, ti va?» Tento disperatamente di fermarlo.

«Vieni fuori, per favore Arno» ripete.

Non ho scelta. Lo seguo sul balcone.

Sono le dieci di sera, fa freddo e noi siamo in camicia e maglione. Le luci degli appartamenti del nostro palazzo sono ancora quasi tutte accese e dalle imposte già chiuse di qualche finestra filtrano le ombre bluastre delle televisioni. Rino si appoggia contro la ringhiera e mi fa segno di sedermi sulla sedia di plastica bianca. Si accende la sigaretta. Capisco dai suoi gesti e dal suo sguardo che devo fare quello che mi chiede. In tanti anni, non ho mai visto mio suocero così. Il fatto di sapere già quel che sta per raccontarmi non allevia il mio disagio, anzi. Questo è un terreno minato, soprattutto dopo il colpo di testa di Sara. Ma devo stare al gioco, non posso dirgli adesso che so già tutto di Mina, di quei dieci anni terribili per Sara e sicuramente anche per lui.

Mi torna in mente la notte di tredici anni fa a casa di Massimo, l'ultima sera del nostro viaggio di nozze, quando Sara mi raccontò di sua madre e io mi arrabbiai perché mi aveva mentito, ma non riuscii a dirglielo e feci finta di niente. Ora capisco di aver sbagliato, quella sera. Avrei dovuto dirle che non tolleravo l'idea che avesse potuto mentirmi. Ero certo che quella serata e quella confessione ci avrebbero uniti, invece sono state l'inizio dei nostri problemi. Abbiamo cominciato bene, cazzo, già in viaggio di nozze... Lei anche prima, veramente, a inventarsi le cose, a non dirmi la verità... ma dopo tanto tempo, quella prima bugia di Sara adesso mi sembra meno grave di quanto mi sembrò allora, in fondo era una bugia da bambina spaventata. Forse avrei dovuto saperla capire e perdonare.

Che cazzo di freddo, ci mancavano questi ricordi, stasera.

«Rino, dammi solo un secondo che ti prendo la giacca, se no geliamo.» Va bene la scena madre, va bene la confessione, ma la polmonite no. Balzo fino all'ingresso, prendo le nostre giacche e intanto infilo la testa in camera di Maria, pronto a urlarle che sono le dieci passate. La trovo già addormentata, con la luce azzurra del computer che le illumina il viso. Quando dorme è ancora la mia bambina, anche se ormai ha solo un anno meno di Sara la prima volta che l'ho baciata. Non le somiglia per niente. Ha gli occhi e i capelli scuri di sua nonna Mina, niente lentiggini, la pelle olivastra. Ha preso solo la bassa statura da sua madre, ma Sara è così minuta e longilinea che sembra alta anche se è solo un metro e sessanta, mentre Maria è cicciottella. Io la trovo bellissima, una morbida pagnottella dorata appena uscita dal forno, ma lei naturalmente non si piace.

Le rincalzo le coperte, spengo il computer, chiudo la porta e torno da Rino, tirandomi su la cerniera del piumino fin sotto al mento. Ho i guanti imbottiti sempre in tasca, li infilo e mi preparo mentalmente a rimanere mezz'ora sul balcone a gelarmi il culo e a sorbirmi la scena madre di Rino che mi svela i segreti di famiglia. Però mi sento più tranquillo ora che ho visto Maria dormire e sono coperto: sopporterò stoicamente i racconti di Rino.

Si è seduto sulla sedia bianca, il portacenere di lava sul tavolino trabocca di cicche. Gli porgo la sua giacca nera da prete. È orrenda, ma almeno è calda.

Si alza, la indossa e ricomincia subito a parlare, come un disco che riprende dal punto esatto in cui l'avevi fermato.

«Alle elementari, alle medie, Sara disegnava sempre, tutti i giorni, tutto il giorno. Era brava a scuola, serena, anche se non aveva tanti amici della sua età. Anzi, non ne aveva proprio. Però faceva atletica, correva, te l'ha detto almeno che hà vinto una medaglia di bronzo ai Regionali? L'accompagnavo io agli allenamenti, ma lei, anche se era veloce, si stufava, quel che le piaceva veramente erano i suoi fumetti, disegnare. Quando era in terza media, mandarono tutta la classe a fare colloqui di orientamento per la scelta delle superiori, e i professori ci suggerirono di farle fare liceo artistico e accademia di Belle Arti. Dissero che era molto portata per il disegno e le arti figurative. Non era una novità, ma non avevamo mai pensato che la sua passione potesse diventare un lavoro. L'abbiamo sempre vista come un gioco, un passatempo, il suo "scarabocchiare", diceva Mina.

Ne discutemmo una sera a cena, mentre mangiavamo la frittata di cipolle, me lo ricordo perché la frittata di Mina era eccellente ma a Sara non piaceva. Noi parlavamo del suo futuro e Sara taceva. L'avrai notato, lei non chiede mai niente. Parlavamo io e sua madre. Era arrivato il momento di iscriverla alle superiori: bisognava decidere quella sera.

Io l'avrei anche mandata a quel benedetto liceo artistico, ma sua madre era contraria, diceva che lì non si studiava, che c'erano i drogati. Le abbiamo chiesto: "Tu vorresti fare l'artistico?", e lei ha risposto solo: "Sì". Senza aggiungere una parola, senza insistere. Solo "sì".

Sua madre disse che noi non ce la potevamo permettere una figlia all'accademia di Belle Arti, che quelli artistici erano lavori da ricchi, che ce la faceva uno su mille. Disse proprio così, come se Sara non fosse presente, parlando con me: "È bravina a disegnare, come tanti, ma per vivere con l'arte ci vuole altro. Soprattutto ci vuole una famiglia ricca alle spalle. Mia madre ha insegnato pianoforte a domicilio fino a che è morta senza pensione e senza niente, ha fatto la fame con la musica, mia madre. La figlia del postino non vive di pianoforte, e la figlia dell'elettrauto non vive disegnando, Rino, lo sai anche te".

La figlia del postino era la nonna di Sara, Ilaria, che tu non hai conosciuto perché è morta appena vi siete sposati – te lo ricordi che siamo andati a Taranto al funerale? Tu non eri venuto perché suonavi, aveva detto Sara –, e insegnava pianoforte quasi gratis ai figli degli operai. Il nonno di Sara era caporeparto dell'acciaieria. Erano una bella coppia, si amavano. Forse mia moglie era addirittura gelosa di loro, anche perché le hanno sempre sbolognato Marta, quand'era piccola. L'hai conosciuta al mare la zia Marta, la sorella di Mina, la moglie del veterinario? Mina, delle due figlie, è quella che ha fatto il matrimonio peggiore, almeno dal punto di vista dei soldi...»

Non avevo pensato la prendesse tanto larga, meglio così. Forse è solo in vena di ricordi, forse non tira fuori la storia degli esaurimenti nervosi, in fondo Mina è morta da sei anni, fossi in lui, per discrezione, non lo farei.

Non sapevo quasi nulla dei nonni di Sara, ne ha sempre parlato pochissimo, come anche dei suoi genitori e degli zii.

Sara non parlava del passato e io non ho mai insistito per sapere, per farla raccontare, sono convinto che il passato, i ricordi, belli o brutti, sia meglio lasciarli dove sono. Della nonna pianista non mi aveva raccontato niente: diceva solo che era contenta di essere «mezza terrona», e qualche volta aveva progettato un viaggio in Puglia che non abbiamo mai fatto, perché le nostre vacanze finivano tutte in Gallura, ad Amrum o ad Anghiari.

Non è voluta tornare nemmeno a Marina di Pietrasanta, dove ci siamo conosciuti, nonostante glielo abbia proposto. A me sarebbe piaciuto mostrare ai bambini la pineta dove ci siamo baciati la prima volta, la spiaggia dove ci divoravano le zanzare al tramonto, coi monti bianchi per le cave di marmo che sembrava neve. Sara, che da ragazzina mi era sembrata tanto legata agli zii, da quando ci siamo sposati non li ha più sentiti. Non ci ho mai fatto caso, ho dato per scontato che quando ci si sposa sia naturale allentare certi legami e rafforzarne di nuovi, ma ora mi viene da pensare che non sia poi così naturale aver interrotto i rapporti come ha fatto lei. Sarebbe capace di farlo anche con noi, adesso?

«Sara ha preso tanto da sua nonna Ilaria, era una persona speciale, generosa, creativa come lei. Mina invece non ci andava d'accordo, con sua madre. Credo si sia sentita trascurata per il pianoforte o per non so cosa... Quando è saltato fuori che Sara si era messa con un musicista, le si sono rizzati i capelli. Poi, però, quando ha saputo che eri un professore d'orchestra alla Scala... be', era orgogliosa di te... te ne sarai accorto...»

A dire il vero, non tanto. La madre di Sara l'ho frequentata ben poco, prima che morisse di aneurisma, poveraccia. Forse, inconsciamente, le sono sempre stato alla larga.

I racconti di Sara sui ricoveri in clinica, i tentativi di suicidio dal balcone, col gas, con le pillole, mi avevano impressionato... Forse temevo che sua madre, apparentemente tanto normale, da un momento all'altro si mettesse a roteare gli occhi, a sbraitare, o mi spaccasse il naso con un pugno come Manuel con Pulcinella.

Non ho un bel ricordo dei matti, nella mia breve esperienza con loro alle Anime Sante. Tanto buoni, ma quando gli salta la mosca al naso, è il caso di dirlo con Manuel... Sì, ora che ci penso Mina aveva sempre delle attenzioni per me, mi trattava con una deferenza che Sara trovava fastidiosa e io cercavo di ignorare. La verità è che li abbiamo visti poco i nonni di Genova in questi anni... I bambini li abbiamo portati più dai miei ad Anghiari che a Genova.

Rino continua a parlare e mi vengono in mente tante cose alle quali in questi anni con Sara non ho pensato... che le sia dispiaciuto vedere poco i suoi parenti? Ma non me l'ha mai proposto, ero quasi più io a farlo... È vero, come dice Rino, che Sara non insiste mai. Dice quel che vuole una volta, se non l'ottiene non lo chiede una seconda.

«Con Mina ci siamo incontrati perché suo padre, quando lei aveva sedici anni, era stato trasferito a Genova per lavoro. Ma non si erano trovati bene, avevano fatto di tutto per tornare a Taranto. Nel frattempo però le figlie si erano fidanzate: Mina con me, Marta con uno studente di Veterinaria di Firenze. Io e Mina ci siamo sposati per primi.»

Sono quasi intrigato dalle storie di Rino. Per fortuna non ci sono rivelazioni drammatiche, aveva solo una gran voglia di parlare. Non mi stupisce che Sara non mi abbia detto che è stata sua madre a decidere di non farle studiare arte, è sempre stata così orgogliosa.

Comincio a rilassarmi e a sentire freddo. «Rientriamo, Rino?» domando.

«Rimani qui» mi risponde. Ha sempre lo sguardo vitreo e preoccupato. Non sono più tanto sicuro di salvarmi. Riprende a parlare: «Dopo che Mina decise di iscrivere Sara a Geometri, sostenendo che in fondo si disegnava anche lì, non ne parlammo più. Quell'estate Sara stette due mesi a Marina di Pietrasanta, dagli zii. Tu l'hai conosciuto mio cognato, Bonaventura? Non vi siete incontrati quell'estate lì, tu e Sara? Marta e suo marito non hanno avuto figli, erano molto affezionati alla nipote».

Rino parla e fuma. Ha i polpastrelli bianchi per il freddo. Io mi stringo nella giacca e spero che questo racconto finisca presto, eppure ne sono affascinato. Chissà perché Sara non mi ha mai detto della nonna pianista. Ecco da dove viene la sua sensibilità per la musica: non ha una gran cultura musicale, ma ha un bell'orecchio.

«A ottobre cominciò le superiori» continua Rino. «Non ci furono problemi, anche se non si fece nessun nuovo amico e di vecchi ne aveva pochi. I suoi amici erano soprattutto adulti: il suo padrino Bepi, che lavorava al porto, la sua insegnante di musica delle medie, la coppia di marocchini che abitava sotto casa nostra. A scuola andava bene, studiava, i professori dicevano che era brava.

Poco prima di Natale, più o meno il giorno in cui è sparita quest'anno, le venne un'influenza fortissima, con quaranta di febbre. Era quasi incosciente e Mina la stava spogliando per metterla a letto, quando ho sentito un urlo venire dalla camera. Sono entrato e ho visto Mina accasciata sulla poltroncina vicina al letto dove era sdraiata Sara, che sembrava svenuta, con le gambe giù penzoloni. Aveva addosso solo un paio di pantaloni viola, me lo ricordo ancora.

Mina le aveva tolto maglietta e maglione per infilarle il pigiama e metterla sotto le coperte. Stavo per dirle che la coprisse subito, che la bambina aveva solo l'influenza e non c'era da spaventarsi, quando vidi le braccia di Sara. Erano coperte di graffi rossi, come dei tagli sottili. Sono rimasto impietrito. Poi mi sono riavuto e ho telefonato alla dottoressa, anche se Mina cercava di fermarmi: "No, no, lo dirà a tutti".

Mia moglie aveva intuito quel che era successo, mentre io non ci stavo capendo niente. Pensavo che i segni avessero a che fare con la febbre alta, ero spaventato. Sara stava sul letto, con le guance arrossate e le braccia spalancate, segnate da quei tagli spaventosi, semicicatrizzati. Sembrava in croce.

Quella volta mi sono imposto e ho chiamato la dottoressa, che è arrivata subito, allarmata dal tono della mia voce. L'ha visitata così, mezza addormentata com'era, le ha dato la tachipirina, ha spiegato che c'era in giro un'influenza con febbre alta, poi ci ha guardati seria e ha detto: "Venite di là".

Abbiamo rincalzato le coperte a Sara e siamo andati nel tinello. La dottoressa ci ha fatto sedere e ha detto, piano: "La bambina si è tagliata con una lametta. Molte volte. È un atto di autolesionismo abbastanza comune in certi adolescenti... Le è successo qualcosa? Vi siete accorti di altro? Altri segni di disagio?".

Mi è caduto il mondo addosso. Sara che si taglia le braccia, Sara autolesionista? Non aveva ancora quattordici anni, era la più piccola della sua classe. Abbiamo risposto che era normalissima, che sembrava le piacessero le materie nuove delle superiori, che era solo un po' più silenziosa e disegnava meno, ma non faceva niente di strano. Era la solita meravigliosa Sara: bellissima, seria, profonda.

La dottoressa disse che dovevamo mandarla dallo psicologo, perché tagliarsi le braccia con le lamette era segno di un disagio che andava indagato e curato. Ci aveva fatto promettere che l'avremmo mandata al più presto. Promisi.

Mina era pallida, non diceva niente. Quando la dottoressa è uscita, sono tornato in camera da letto. Sara dormiva e scottava meno. Con addosso il pigiama coi conigli e i capelli appiccicati alla fronte sembrava una bambina piccola.»

Il racconto di Rino mi spaventa, ma è una paura diversa dalle altre perché è paura di qualcosa di sconosciuto, che non vorrei sapere mai. Penso al compleanno di Sara, che cade il giorno dopo quello di Maria. Le ho scritto una mail, ma non ha risposto. Le abbiamo sempre festeggiate insieme, quando Maria era piccola: erano feste meravigliose, con tutti i compagni di Maria. Sara diceva che a lei non interessava festeggiare il compleanno, e se qualcuno le faceva un regalo ringraziava con un sorriso ma cambiava subito discorso e spostava l'attenzione su Maria. I miei doni – gioielli, borsette, vestiti, una volta una bicicletta da trekking, l'unico che abbia davvero apprezzato – li accettava con esclamazioni di contentezza esagerate, dalle quali si capiva che avrebbe preferito che il suo compleanno venisse ignorato del tutto. Ho sempre pensato che fosse un vezzo femminile, e mi faceva sorridere: lei sembra sempre una ragazza.

Rino si versa la quarta sambuca e continua: «Quando sono uscito dalla stanza di Sara e le ho riferito che stava dormendo, Mina ha detto: "L'avrà fatto senza rendersi conto, per giocare", ma sapevamo entrambi che non era così, che era stato per la scuola alla quale aveva dovuto rinunciare, anche se non ce lo siamo mai detto. È la prima volta che lo ammetto anche con me stesso».

Mi rendo conto che la paura che mi sta ghiacciando la schiena e bloccando lo stomaco è per Maria, non per Sara. Sara al momento mi dà un altro genere di preoccupazioni: ora ho paura per Maria. Che sia fragile come sua madre e sua nonna. L'età è difficile, e lei sembra malinconica e strana. E sua madre l'ha abbandonata, in piena preadolescenza.

Il racconto di Rino è peggiore di quanto temessi. Un altro dei segreti di Sara, l'ennesimo. Non posso fare a meno di provare fastidio, disagio e anche rabbia ogni volta che ne scopro uno. Prima la malattia di sua madre, poi il biglietto con la faccenda di Massimo, adesso i tagli con la lametta. Non è mai finita con lei. Chi ho sposato? Chi è la donna che amo da quasi trent'anni? La storia delle lamette è successa pochi mesi dopo che mi ha lasciato la prima volta... eh già, la prima volta. Questa è la seconda. Non lo avevo ancora realizzato, ma questa fuga di Sara non è che un nuovo, inspiegabile abbandono... dopo trent'anni. E questa volta non ha lasciato solo me.

«È successo tanto tempo fa, Rino, capisco sia stato un trauma per voi, ma è una cosa superata. Magari era stato davvero un gioco. Cosa disse lo psicologo?» Cerco di minimizzare. Siamo entrambi intirizziti adesso, e mentre si accende l'ennesima sigaretta vedo che gli tremano le mani.

«Sara non ci volle andare. Quando si svegliò, la febbre si era abbassata e lei sembrava di buonumore. Raccontò proprio quel che aveva supposto Mina: che tagliarsi le braccia era stato un gioco stupido, che voleva vedere quanti strati di pelle c'erano e cosa faceva il sangue. Lo definì "un esperimento da Allegro Chirurgo", uno dei suoi giochi di bambina. Sostenne che non ci aveva detto niente per paura che la sgridassimo ma che non aveva nessun bisogno di andare dallo psicologo. Rideva: "Non sono mica matta. Ho solo fatto una stupidaggine, come quando a cinque anni ho incendiato la tendina del bagno per vedere se il cotone bruciava bene e per poco non andava a fuoco la casa. Ti ricordi, mamma, come ti eri arrabbiata?".

Mina fu entusiasta di quella spiegazione, se la abbracciò e coccolò come non aveva mai fatto in vita sua e dei tagli sulle braccia non abbiamo parlato mai più.

Da allora però non è più stata Sara. Ha fatto le superiori senza mai essere rimandata ma senza slanci. Tirava avanti. Studiacchiava. Non disegnava più. Noi pensavamo fosse l'adolescenza che l'aveva cambiata, il fatto che si fosse sviluppata, gli ormoni. Stava sul divano a guardare la televisione tutto il giorno, dopo la scuola. Oppure improvvisamente decideva di uscire dicendo che andava a studiare al mare. Tornava tardissimo. Non parlava. Non aveva amici.

Dopo la maturità, fu Mina a insistere che si iscrivesse ad Architettura a Firenze, dove abitava Marta. L'ha fatto, ma ha dato solo quattro esami, con fatica. Diceva che non riusciva a studiare, che non capiva le lezioni. Te la vedi Sara che non capisce qualcosa? Era cambiata. Mina pensava addirittura che si drogasse, che frequentasse brutte compagnie, in effetti non c'era un bel giro a Sampierdarena in quegli anni, tanti figli di nostri vicini di casa sono finiti male, anche nel nostro palazzo. Lei però non vedeva quasi mai nessuno, tranne un'amica che non portava mai a casa.

Per un periodo uscì con un algerino, uno gentile che salutava sempre, Amir. La veniva a prendere e la riaccompagnava a casa ma non so cosa facessero insieme, stavano fuori tutto il giorno. Poi non è più venuto. E lei ha ripreso a stare in casa, sul divano, in silenzio. Oppure spariva. Una, due notti. Diceva che andava a camminare, oppure non diceva niente. Tornava stravolta.

Ogni tanto lavorava. Ha fatto la commessa in un colorificio in centro, la cameriera in un bar al porto. Il periodo migliore è stato quando l'hanno presa al rifugio, su in montagna. Passava anche quattro mesi senza scendere a valle, ma quando la rivedevamo – una volta siamo saliti a trovarla anche noi – sembrava tornata la vecchia Sara.

Si era fidanzata con una guida alpina, Alessandro, uno di Viareggio. Questo lo saprai, è durata tanto con lui, ma non abbiamo mai capito perché è finita e chi ha lasciato chi.»

Una guida alpina? Alessandro? Ma cosa sta dicendo Rino? Sta inventando per coprire la malattia di Mina? Non capisco più niente. Sara non ha mai accennato a nessuna crisi, a nessuna guida alpina, a nessun rifugio. Ha solo detto che per quasi dieci anni è stata dietro alla malattia di sua madre. Non può avermi mentito su una cosa così.

«Dopo tre anni al rifugio» riprende Rino, «un inverno tornò a casa all'improvviso. Non volle dirci perché, né cosa fosse successo con Alessandro, sembrava un'anima in pena. Sua zia Marta – allora si sentivano ancora – le trovò un lavoro a Milano, nella moda, pensando che forse, entrando nell'ambiente, poteva diventare l'assistente di qualche stilista, visto che era così brava a disegnare. Ma lei odiava quel lavoro e non stava bene. Non tornava mai a casa, non sapevamo niente di cosa faceva a Milano. Le poche volte che si faceva sentire era sempre triste.

Quando ha incontrato te, è cambiata. Pensammo che tu e i figli l'aveste salvata per sempre, che fosse diventata grande, ci siamo detti che i suoi problemi erano stati i problemi di un'adolescente troppo sensibile. Tanti figli dei nostri vicini erano messi peggio di lei. Qualcuno è finito addirittura in galera. Non è un quartiere facile, il nostro. In fondo Sara non ha mai combinato niente di veramente grave.»

Non sto capendo più un cazzo. Non era Mina ad avere avuto gli esaurimenti nervosi? Cosa mi sta dicendo Rino? Non ce la posso fare, cazzo... Ma quindi i tentativi di suicidio di sua madre? Un'altra menzogna? Era lei la sbandata, la disturbata, la matta, non sua madre...

Mi sembra tutto un po' più chiaro. Le assenze, i silenzi, le bugie, la mancanza di amici, i suoi tormenti. Le rinunce. Da quando è morta sua madre, poi, è peggiorata, sempre più depressa... Mi viene un pensiero terribile: in fondo, a parte quelle poche settimane d'estate quando aveva tredici anni, quanto tempo ho passato con una Sara normale? Ha cominciato subito a essere strana, quando ha perso la prima bambina, quella che doveva chiamarsi Chiara. Pochi mesi dopo che ci eravamo ritrovati. Come ha fatto a vivere tredici anni con me, fare tre figli con me, e non dirmi mai niente? E dov'è adesso?

12

Biglietto scritto a penna da Sara su un foglio di quaderno a righe, datato maggio 2004, trovato da Arno il giorno di Natale 2011.

Ero in piedi davanti alla finestra e guardavo il mare. Al centro della baia, sull'acqua, una macchia di luce gelata si allargava dal punto dove stava il sole, schermato da un nuvolone grigio. Un velo di foschia aveva tinto di scuro le rocce. La spiaggia era quasi scomparsa, inghiottita dalle onde, il vento di maestrale scuoteva le acacie e gli eucalipti del giardino in un movimento circolare che mi aumentava la nausea.

Aspettare Chiara mi aveva dato un centro: non mi era nemmeno passato per la testa che potesse finire così. Non faccio apposta a non reagire, come pensi tu. Vorrei riprendermi, stare meglio, riprovarci presto, ma mi sento morta dentro. Sono morta dentro. Mi è morto un bambino dentro, come fai a non capirlo?

Ti vedo cavalcare le onde, un puntino nero sulla tavola bianca. Pochi secondi di ebbrezza, poi cadi, rotoli nell'acqua, scompari, riemergi, nuoti e riprendi la tavola, ci sali a cavalcioni, la riporti indietro a forza di braccia. Risali in piedi, plani sull'onda, ricadi, sali ancora. Non ti arrendi mai. Non come me.

Massimo è entrato nella stanza e si è avvicinato, in silenzio. Mi ha abbracciata da dietro. Come una conchiglia, come una mamma buona o un padre saggio. Come un futuro carico di gioia. Non mi aspettavo quell'abbraccio, non l'avevo mai nemmeno desiderato, ma è stato come se lo cercassi da sempre, come se fossi inaspettatamente arrivata al capolinea del mio destino.

Mi si è sciolto qualcosa di secco sotto il diaframma e ho sentito calore ed energia ricominciare a circolare dappertutto. Sempre da dietro, lentamente, in silenzio, mi ha baciato le guance e le tempie. Il suo petto contro la mia schiena scottava come fossimo nudi sotto il sole. Improvvisamente niente importava più, solo il suo gesto che mi ripescava dal pozzo, mi ridava la vita. Fino a un istante prima non lo sapevo, ma il suo gesto mi aveva fatto sentire che tutto quello che non avevo mai osato sognare esiste.

Tenevo le braccia conserte; con le mani mi ha afferrato le mani, le ha strette e mi ha dato un bacio in mezzo alla testa. Poi si è staccato da me ed è uscito dalla stanza senza dire niente.

L'ho visto in giardino, con la tavola sotto braccio, prendere la discesa che porta alla spiaggia e raggiungerti in acqua a grandi bracciate, sdraiato sopra la tavola.

Mi sentivo vibrare come se mi avesse caricato di un'energia nuova, potente: da quanto tempo non mi sentivo così vicina a un'altra persona? Forse non mi era mai successo.

Quella sera, dopo la doccia, vi eravate raccolti intorno alla scrivania dello studio. Sfogliavate un libro di fotografie di onde grandiose cavalcate da campioni del surf. Tu e Massimo stavate uno davanti all'altro, ai due lati lunghi del tavolo, Rossana era vicina a lui. Stavano in piedi, di sbieco, i gomiti appoggiati al tavolo, la schiena curva sulle fotografie. Mi sono infilata tra loro due, di fronte a te, fingendo di voler guardare il libro, e intanto cercavo Massimo coi fianchi, appoggiandomi al suo corpo con un movimento che soltanto lui poteva sentire. Premevo e intanto ti guardavo mentre commentavi l'immagine di una capriola con la tavola, osservandola alla rovescia.

Per un momento interminabile non ha risposto al mio movimento e mi si è aperta una voragine nel cuore. Ho pensato che quello del pomeriggio fosse stato solo l'abbraccio a un'amica in difficoltà, un gesto leggero, non la rivelazione che avevo creduto di vivere. Ho temuto che Massimo non provasse per me nient'altro che l'affetto di sempre e che ora, cercandolo, lo stessi mettendo in imbarazzo, come se fossi impazzita: una povera donna pazza che ha perso un bambino e l'equilibrio, una donna da commiserare, non da scopare.

Poi l'ho sentito spingere contro i miei pantaloni, caldo e duro. Mi ha messo un braccio attorno alla vita, in quello che poteva sembrare uno dei nostri consueti atteggiamenti amichevoli. Le sue mani scottavano, come poche ore prima. Solo lui e io sapevamo cosa stesse passando tra noi in quel momento.

Dopo pochi secondi tu hai chiuso il libro e hai detto: «Si mangia?».

Ci siamo allontanati tutti e quattro dalla scrivania come un fiore che esplode, ognuno in una direzione diversa, per prendere la giacca, i soldi, infilarci le scarpe... è finito tutto così, in un big bang silenzioso, e non è ricapitato mai più.

Siamo saliti sul furgone, guidavi tu. È stata una serata normale, come tante altre. Rossana era divertente, ci aveva raccontato di quel suo paziente marpione che aveva punito con un massaggio che per una settimana gli avrebbe inibito l'erezione, ti ricordi? Ne avevamo riso, Massimo faceva lo scemo e diceva: «Ah, ecco perché...», come per dire che anche lui era stato vittima del massaggio segreto. Rossana rideva e diceva: «Non mi sembra proprio». Abbiamo parlato di fare una gita all'Asinara, bevuto vino rosso e mangiato culurgiones, porcetto e seadas fino a scoppiare.

Io mi sentivo di nuovo bene. Guarita. Anche se ora soffrivo di un altro male, ma era un male di vita, non di morte.

Tu parlavi soprattutto con Massimo, di onde, di tavole, e io con Rossana del suo lavoro di fisioterapista. Quel giorno non ti sei accorto né che avevo rischiato di morire né che ero resuscitata.

Tornati a casa avevo messo il disco di Chico Buarque che canta *O que será* e l'avevo ascoltato a ripetizione per tutti i giorni che siamo rimasti da Massimo. Questo te lo ricorderai, perché mi prendevi in giro... "Oh che sarà, che sarà, che non ha misura né mai ce l'avrà, che non ha soluzione né mai ce l'avrà, che non ha ragione né mai ce l'avrà, che è come esser malato di una pazzia..."

Quella canzone esprimeva esattamente lo struggimento senza rimedio che provavo, e l'ascoltavo e ripetevo come un mantra.

Non è mai successo nient'altro, tra Massimo e me, e non abbiamo mai parlato di quel pomeriggio. Forse non c'è mai stato niente, mi sono immaginata tutto.

Di una cosa però sono sicura: quel pomeriggio Massimo mi ha salvata, ma ha messo in pericolo qualcosa tra te e me.

Non ti ho mai tradito, non ti tradirò mai. O l'ho fatto?

Come è difficile amare. O sei tu, difficile da amare?

La storia è tutta qui. È successo cinque anni fa, e sono cinque anni che ci penso, che mi chiedo se devo dirtelo, se capiresti e mi aiuteresti a liberarmi da quel fantasma, se non dirtelo è un inganno che mi allontana da te. Lo so che non capiresti. Credo che non capirei nemmeno io, se tu mi raccontassi di aver vissuto un'emozione così forte con un'altra donna. Cosa c'è da capire? Niente. Erano solo ormoni, carne e pelle. Sesso. C'è solo da archiviare, da dimenticare. Ci ho provato e ci provo, ma è difficile. Una passione non vissuta è peggio di una consumata: se avessi fatto l'amore con Massimo, quella sera, o un'altra, forse non mi sarebbe piaciuto. Oppure sì, ma prima o poi sarebbe finita e avrei capito cosa volevo veramente.

Così invece sono rimasta col sospetto che esista una dimensione d'amore che mi è stata negata, che mi sono negata. È ignobile, lo so, ma ogni volta che litighiamo, che tu non mi capisci, che mi critichi, che fai qualcosa che mi dispiace, per un attimo penso che se non stessi con te forse amare sarebbe più facile. Che con Massimo, o con un altro uomo, l'amore potrebbe non essere fatto di compromessi, delusioni e fatiche come il nostro, ma scorrerebbe libero come un fiume. Che mi aiuterebbe a vivere, invece di segnarmi il passo. Lo so che sono sogni romantici, infantili, che non esiste un amore così, semplice e gioioso, che l'amore vero, reale, è fatto di impegno, come il nostro, ed è bello per questo, perché va costruito ogni giorno, perché è una conquista, come dici tu. Ma a volte non riesco a impedirmi di sognare che esista un sentimento più indubitabile.

Questi pensieri clandestini mi fanno sentire indegna di te. Non posso raccontarti niente, non posso cercare di condividere qualcosa che non è successo e ti farebbe solo soffrire, ma scaraventarlo fuori, vederlo scritto su questo foglio, forse mi servirà a superarlo.

13

A Cala Falsa i colori cambiano spesso. Stamattina il mare è grigio-azzurro e la sabbia sembra splendere di luce propria, una luce lunare, mentre le rocce rosa hanno preso dal cielo coperto una sfumatura più scura. Non c'è il sole. Rari gruppi di piccole nuvole immobili, bianche o grigio pallido, sono appoggiati a un cielo grigio-viola: ogni istante della giornata e ogni giornata dell'anno sono diversi qui, siamo al Nord. I cieli azzurri col sole che spacca e il mare piatto sono rari da queste parti, ma nessuno ne sente la mancanza. Questo paesaggio muta continuamente, è inquieto, vivo. Somiglia – o somigliava? – a Sara.

Sono arrivato da un'ora, ho accettato l'invito di Massimo di venire a surfare con lui per le vacanze di Pasqua, come un tempo. Non gli ho detto nulla del biglietto che ho trovato il pomeriggio di Natale, e non credo che lo farò. Penso che Sara abbia ricamato sopra a un gesto d'affetto la trama di un film e non penso di voler conoscere la versione di Massimo su quel che successe in questa casa, tredici anni fa. Secoli fa. Non era ancora nata Maria.

Rimango quattro notti, cinque giorni, di più non lascio i ragazzi, anche se erano felici di stare a Genova con Rino. Li ho accompagnati ieri pomeriggio, abbiamo cenato insieme all'Osteria dei Cacciatori, dove pranza sempre Rino la domenica, poi mi sono imbarcato col traghetto delle dieci. È da quando ero ragazzo che non faccio la traversata da solo, in macchina, ma non è stato un viaggio di ricordi o malinconie, anche perché ero stanchissimo e alle dieci e mezzo dormivo. Ho sempre sonno, da quand'è sparita. Guido pensa che sia depresso, ma non è così, è che dormo di meno, mi alzo prima al mattino per i ragazzi.

Stamattina in traghetto non hanno messo l'arpeggio dei Genesis per svegliare i viaggiatori: ci avevo fatto caso la prima volta che ero venuto qui con Sara. Questa Pasqua di inizio aprile non ha portato tanti turisti, c'erano una ventina di auto, qualche camion e una dozzina di motociclette, a sbarcare a Porto Torres.

Mi sono fermato a comprare due casse d'acqua, il miele di corbezzolo da mangiare con la ricotta del pastore e il pane carasau, prima di venire a casa. La signora del negozio non mi ha detto niente, anche se ha avuto un bagliore di riconoscimento negli occhi. Mi vede da vent'anni, ormai. Qui tutti ti conoscono, ma nessuno prende l'iniziativa di parlarti. Ho sempre apprezzato questa riservatezza, ma stamattina mi è sembrata diffidenza. Forse ha ragione Guido a dire che sono un po' depresso. Le ho rivolto una frase di cortesia: «Come va il lavoro?». Ha risposto, sobria: «Tempo incerto, poca gente». Tempo incerto, sì.

Aspettando Massimo mi sono seduto sul muretto davanti a casa, a guardare il mare. Fa fresco, quasi freddo, ma sono solo le nove del mattino. Su una piccola roccia più scura delle altre, sul lato destro della baia, un cormorano agita le ali. È il solito cormorano che vedo sempre? Sono una coppia, dice Massimo, abitano qui da anni: probabilmente questo è il pronipote del primo che ho visto. In piedi sulla roccia sbatte le ali e sembra applaudire questa mattina nuova di zecca, così imperfetta, questa giornata appena iniziata che ancora non si capisce che piega prenderà.

"Uscirà il sole? Ci sarà vento, si alzerà il mare? Pioverà? Un applauso di incoraggiamento!"

Rimane ritto in piedi ad ali spalancate, come un Cristo fiero, mentre gli spruzzi delle piccole onde increspate e nervose gli lambiscono le zampe sottili e il petto. Forse sta solo godendosi gli spruzzi, nonostante l'atteggiamento da condottiero. Non c'è nessuno in spiaggia, solo il cormorano e qualche gabbiano che zampetta sulla sabbia. Quando sono arrivato era pieno di corvi che camminavano neri, in ordine sparso, come a una riunione clandestina di confusi cospiratori. Appena hanno sentito il rumore del motore sono volati via.

I corvi vivono in gruppo e i cormorani in coppia? Non so nulla della vita degli uccelli, so solo che qui i cormorani sono sempre due. Cerco con lo sguardo l'altro, o l'altra – chissà quale sarà la femmina e quale il maschio –, e lo individuo mentre riaffiora dall'acqua e subito si rituffa. Sta pescando. Forse è il maschio, e sta procacciando il pesce mentre la femmina si fa bella sullo scoglio. Ricordo quando uno di questi cormorani, o un loro parente, mi sfiorò mentre nuotavo sott'acqua, anni fa.

Sul muretto, vicino a me, si posa un uccellino grigio, troppo piccolo per essere un passero, troppo uniforme e sottile, troppo elegante. Eccone un altro, identico a lui. I due uccelletti sembrano guardarsi, lanciarsi occhiate complici mentre svolazzano, posandosi ora su una pietra, ora sul prato, ora su un ramo basso di eucalipto. Chissà se tutti gli uccelli vivono in coppia. Probabilmente sì. Mi accorgo di non avergli mai rivolto molta attenzione. Non solo agli uccelli, a tutti gli animali. Anche se sono cresciuto in campagna.

Mi sa che avevo già la musica in testa ancor prima di prendere un violoncello in mano. Non riesco a ricordarmi cosa ci fosse, nella mia vita, prima del violoncello: eppure ci sarà stato qualcosa, prima dei sette anni. La campagna di Anghiari era piena di volpi, daini, cinghiali. Guelfo ha sempre avuto i conigli e le galline, il nostro vicino contadino teneva i maiali e le capre, ovunque ronzavano insetti, api, coccinelle, farfalle, a seconda delle stagioni. Eppure mi sembra di non averla mai guardata bene, la natura. Di averne sempre soltanto ascoltato i suoni.

Sara diceva che non mi guardavo intorno. Potevo spiegarglielo, che io non guardo ma ascolto, ma non l'ho fatto, perché mi avrebbe risposto che ascolto solo i suoni, non le parole delle persone, e avrebbe avuto ragione.

In questi mesi mi sono reso conto di non averla mai ascoltata né osservata bene, proprio come diceva lei. Quasi quasi, l'ascolto e la vedo meglio ora che non c'è.

Adesso il secondo cormorano, quello che pescava, si è piazzato su uno scoglio a pochi metri dalla sua fidanzata, o fidanzato. Ora è lui o lei che sbatte le ali, si pavoneggia, sta in piedi ad ali spiegate a godersi gli spruzzi delle onde, mentre l'altro lo guarda.

Ci siamo mai guardati così, Sara, io e te? Abbiamo mai volato insieme, vicini e lontani come questi due similpasserotti che svolazzano in giro ma tornano sempre sulla stessa pietra, lo stesso ramo? Quando mi dicevi che sono egoista mi ribellavo. Io ti ho voluta più di ogni altra donna al mondo. Non c'è mai stata un'altra, nella mia vita, oltre a te. Le altre, quelle poche o tante, sono state comparse: piacevoli, interessanti, eccitanti, ma comparse. Tu ci sei sempre stata. Avevi tredici anni la prima volta che ti ho vista, tu e le tue lentiggini, uno più di Maria. Mi hai rimproverato di averti idealizzata, di averti messa su un piedistallo piuttosto che fare la fatica di conoscerti e di amarti per come eri davvero, non per come io pensavo o volevo che fossi. Non ho mai capito cosa mi stavi dicendo. Ero ferito dalle tue parole, mi sembrava sminuissero il mio amore, che per me era una scelta assoluta, la mia unica scelta di vita, insieme al violoncello. Ero ferito, deluso e irritato dal fatto che non ti fidassi di me, che mi chiedessi qualcosa che non capivo. Mi sembrava che non avrei potuto amarti più di quanto facevo.

Mi sto rendendo conto che forse mi chiedevi solo di guardarti. Di passare più tempo insieme, capire com'eri, accettarti, volerti bene anche quando mi facevi incazzare. Questo, a dire il vero, l'ho sempre fatto. Ti voglio bene anche adesso. Sei sempre stata complicata, Sara. Non è mai stato facile, amarti. Mai.

Sento arrivare la moto di Massimo, aveva detto che partiva da Tempio alle otto e mezzo, eccolo qui. Non ci vediamo da quasi un anno, e non abbiamo mai parlato della tua fuga. Gli ho detto la verità, come a tutti, perché non so e non voglio mentire, ma senza dettagli. A parte che, anche volendoli raccontare, non ne ho. Gli ho riferito che sei andata via perché ti serviva un periodo da sola. Non mi ha chiesto niente. Magari lui lo sa, dove sei finita. Non escludo più nulla, con te.

Massimo guida la stessa vecchia Moto Guzzi da più di vent'anni, «per la decrescita». Massimo è anticonsumista, ma senza fanatismi. Parcheggia davanti a casa, si toglie il casco ancor prima di scendere, lo appoggia sul serbatoio, sfila i guanti e gli occhiali, mi guarda e sorride. Dice: «Sei ingrassato, maestro. Dài, che stasera entra maestrale e domani ti faccio bruciare un po' di ciccia».

Poi scende dalla moto, mi viene incontro e ci abbracciamo.

14

Non l'ho mai raccontato a nessuno, ma è stata lei a fare tutto.

Ancora oggi, dopo trent'anni, e nonostante quello che è successo, custodisco il ricordo trionfante dell'emozione che provi quando ti capita un inaspettato, immenso colpo di fortuna: ti senti traboccare di buonumore e gioia.

È bello sentirsi fortunati. Tutto va bene, tutto funziona, gli dèi ti amano. Mi sentivo euforico quella sera. Più di quando ho vinto il concorso in Scala, perché col violoncello mi ci ero impegnato, invece Sara mi si è donata, come nei sogni d'amore.

Per anni non mi è sembrato vero: la ragazzina bellissima che ammiravo in silenzio è stata la prima donna a... non avevo il coraggio di ripeterlo nemmeno a me stesso.

È successo la sera che mi hanno convinto a suonare la chitarra. Io non volevo. Per gli ignoranti di musica, se uno suona uno strumento allora sa suonarli tutti, e lo sapevano anche le altalene del Bagno Vela che «il nipote della signora Mimma suona». La mattina non andavo mai in spiaggia, rimanevo a casa a studiare. Agli altri ragazzi sembrava un'enormità, la mia semireclusione.

Mia nonna Mimma era del 1918 e si chiamava Ermione, come la ragazza del pineto di D'Annunzio. Era decadente e fascista come il nome e materna come il soprannome. È morta un agosto di vent'anni fa – non avevo ancora rivisto Sara –, mentre ero in Grecia con due amici, in tenda. I miei non me lo dissero «per non rovinarmi le vacanze», a parte il fatto che non si ricordavano dove fossi: tra noi non c'è l'abitudine di telefonarsi quando si è in vacanza. Tornai che era stata sepolta da due settimane e fu brutto saperlo così, quando era già tutto finito.

Mimma era di Pietrasanta, lì aveva incontrato il nonno, che era sfollato in Versilia. Mi diceva: «E dopo sei mesi eravamo sposati, in tempo di guerra andava così. Tuo padre Guelfo è nato il giorno della Liberazione, nel 1945. Volevo chiamarlo Pacifico, ma per tuo nonno era un nome da socialisti».

Erano tornati ad Arezzo in autunno – Guelfo, che fa tanto l'aretino, in realtà è nato a Viareggio – e ci hanno abitato tutta la vita, ma la nonna da giugno a settembre tornava sempre a Marina. Aveva ereditato una casetta rettangolare, tra i pini e i gelsi: quando è morta, Guelfo l'ha svenduta per pagare dei debiti, comprare un trattore che non ha mai usato e rifare il pollaio di Anghiari. Adesso varrebbe un sacco di soldi, quella casa, ma mio padre economista in quanto a denaro non ne ha mai imbroccata una.

Nonna Mimma *La pioggia nel pineto* ce l'ha insegnata da piccoli: l'unica poesia che mi ricordo a memoria. Tre giorni dopo che con Sara era successo tutto, un pomeriggio caldissimo che eravamo tornati in pineta per rivedere alla luce del giorno l'albero dove ci eravamo baciati, le recitai l'ultima strofa: "E andiam di fratta in fratta, / or congiunti or disciolti / (e il verde vigor rude / ci allaccia i malleoli / c'intrica i ginocchi) / chi sa dove, chi sa dove!".

Sara non conosceva *La pioggia nel pineto*: nella sua classe D'Annunzio era bandito. Me la fece recitare tutta, e le piacque. Le spiegai, come mi aveva raccontato mille volte la nonna, che era stata composta in una pineta identica alla nostra, non lontana da lì.

La sera che mi avevano obbligato a suonare la chitarra, in spiaggia, lei era rimasta per tutto il tempo seduta davanti a me, a gambe incrociate, immobile. Quando avevo restituito la chitarra ad Alex, il suo proprietario, Sara mi aveva seguito in riva al mare. Ero andato a riva perché ero agitato. Per la prima volta mi sentivo accettato dalla compagnia del Bagno Vela – non che avessi mai fatto niente per fare amicizia con loro – e ne ero contento, ma anche preoccupato che i miei nuovi amici si aspettassero qualcosa da me, avanzassero pretese di frequentazioni o condivisione delle loro abitudini: io dovevo studiare, suonare. Non sono stato abituato a passare il tempo in compagnia, Guelfo e Klara ci hanno cresciuti indipendenti. Ma quella ragazza con le lentiggini era un'altra cosa, avrei perso tempo volentieri con lei.

Aveva i piedi nudi e un lungo vestito di cotone bianco, che somigliava a una camicia da notte antica. Era la prima volta che la vedevo con un vestito, di sera si metteva sempre i jeans. Si era seduta accanto a me in silenzio, e dopo un po' aveva detto: «Sei bravo».

Si sentiva solo il rumore della risacca, la luna illuminava la spuma delle onde: era una notte dolce come certe notti di luna al mare. Lì per lì non ci avevo fatto caso, me lo disse Sara tanto tempo dopo, che era una notte di luna. Mi rivelò anche che si era messa quel vestito, in effetti era una vecchia camicia da notte di sua nonna, perché c'era la luna piena, e sapeva cosa sarebbe successo.

Avevamo cominciato a chiacchierare. Della scuola – io andavo in seconda liceo, lei disse che aveva finito la terza media –, di Genova e di Arezzo. Io non ero mai stato a Genova e lei non era mai stata ad Arezzo, e tantomeno ad Anghiari, dove abitavo io. E di musica: lei non ascoltava musica classica ma era una fan dei Genesis come me, oltre che di Peter Hammill e di De André. Avevo provato a parlarle di libri, *Opinioni di un clown* e *Il giovane Holden* erano i miei preferiti, ma lei non li aveva ancora letti. Mi disse che stava leggendo *Seppellite il mio cuore a Wounded Knee*, un libro sullo sterminio degli indiani d'America. Più parlavamo e più mi piaceva: non era solo carina, era anche intelligente, originale, simpatica.

Capivo che era tardi dal fatto che gli altri se ne erano andati, la maggior parte di loro aveva il rientro tassativo a mezzanotte, ma avevo perso la cognizione del tempo.

Di punto in bianco Sara ha detto: «Andiamo in pineta a vedere i guardoni?», e io sono rimasto secco. Tutti a Marina sapevano che di notte non si doveva andare in pineta perché potevano esserci «i finocchi e i guardoni», anche se Klara era l'unica tra le madri a non temere «i finocchi», anzi, ad avermi spiegato che sono persone normali. In ogni caso a Marina, la sera, i ragazzini non potevano mettere piede in pineta. Mia nonna Mimma era stata ben chiara in proposito, tanto più che anche lei, come molti, nonostante i processi avessero dimostrato altro, era convinta che Ermanno Lavorini, quel ragazzino di Viareggio ritrovato dieci anni prima nella pineta di Vecchiano, l'avessero ucciso «i pederasti».

Non avrei potuto rifiutare niente a Sara.

Le chiesi solo: «Perché ci vuoi andare?». E lei: «Secondo me se uno li guarda smettono di guardare».

Ero troppo emozionato per contraddirla, e poi volevo baciarla. Fino a quel momento avevo baciato solo Sonja, una ragazza tedesca di due anni più grande di me, durante le vacanze di Natale, e mi era piaciuto. E Sonja non mi garbava nemmeno la metà di quanto mi garbava Sara. Pensai che, se fossimo andati in pineta, forse avrei trovato il coraggio di provarci: «Bene, si va in pineta» dissi.

Abbiamo preso le biciclette parcheggiate dietro al casotto del Bagno Vela, ormai deserto, e pedalato pochi minuti, lei davanti e io dietro, lungo viale Roma, fino in via Apua. Siamo entrati in pineta. Anche se c'era la luna, la pineta buia mi faceva paura ed ero eccitato. Abbiamo lasciato le bici – la mia Graziella e la sua Atala da cross – vicino al ponte, e ci siamo incamminati per il sentiero, lungo il fiume: tenersi per mano, in quel buio strano, era venuto naturale. Ero così agitato che non riuscivo a parlare, e se parlavo mi usciva una voce fessa di cui mi vergognavo, ma per fortuna parlava lei, di una canzone di De André, *Il testamento di Tito*, che piaceva anche a me. Ne canticchiava sottovoce una strofa, mentre avanzavamo per mano: "Ma adesso che viene la sera e il buio mi toglie il dolore dagli occhi e scivola il sole al di là delle dune a violentare altre notti...".

Fedele alla consegna, dopo un po' mi sono fermato e ho detto: «Non vedo guardoni». Sara ha sussurrato: «Bisogna baciarsi per farli uscire», e mi ha spinto contro il tronco di un pino.

Così, semplicemente, molto meglio di quanto avrei saputo fare io: si è alzata in punta di piedi e mi ha messo la lingua in bocca. Sono impazzito dall'emozione. Dopo un po' che ci baciavamo l'ho presa per le spalle, col cuore che mi batteva forte, e l'ho fatta appoggiare al tronco. Premevo su di lei, sentivo col mio corpo il suo corpo caldo sotto il vestito: sembrava un sogno meraviglioso, non la realtà.

Ci siamo baciati per tantissimo tempo, non so quanto. La pineta era silenziosa, tranne qualche fruscio misterioso, il gracidare delle rane e dei versi di uccelli che Sara riconobbe per «gufi e civette». Le tenevo le mani sulle spalle e non osavo toccarla nei punti che sapevo andavano toccati in quelle circostanze: il petto, o addirittura sotto.

Dopo un po', fu lei a fare una cosa pazzesca, impensabile: mi aprì la zip dei jeans, mi calò i pantaloni, e mi toccò attraverso le mutande. Incredulo, sentivo la sua manina calda e sottile impugnarmi il pisello durissimo e scuoterlo dolcemente su e giù, su e giù. Ci volle forse un minuto per farmi venire, in silenzio, con un brivido che mi scosse dalla punta dei piedi fino alla base del collo. Non riuscivo a credere che fosse successo davvero. Era la prima volta che non lo facevo da solo, era molto più bello. Ero sconvolto, e innamorato perso di lei. Non sapevo cosa dovevo fare: se toccarla anche io, continuare a baciarla, parlare, cosa dire. Per fortuna avevo i fazzoletti di carta che mi ficcava in tasca Mimma «per il raffreddore». Anche se era luglio e c'erano trenta gradi, per Mimma il raffreddore era sempre in agguato e io accettavo di buon grado tutto quel che mi dava, dai soldi, ai fazzoletti, ai consigli.

È stata Sara a parlare. Si è chinata a raccogliere una piccola pigna profumata e me l'ha messa in mano, come un pegno. Poi ha detto: «Mi sa che se non andiamo subito mio zio domani mi rimanda a Genova», e mi ha dato un bacio sulle labbra.

Siamo tornati al ponte abbracciati stretti sul sentierino, inciampando nelle radici, senza incontrare guardoni. Se li avessimo visti avrei abbracciato anche loro. Siamo arrivati davanti al cancello di casa sua mentre l'orologio della chiesa suonava le due. Sara ha detto: «Ci vediamo domani quando hai finito di studiare», colmandomi di felicità assoluta. Non solo avevamo un appuntamento, ma non dovevo nemmeno rinunciare al violoncello.

Sono volato con la bicicletta fino a casa e mi sono masturbato ancora, prima di addormentarmi, pensando a lei. Avevo la ragazza, ed era la ragazza che mi piaceva più di tutte: esplodevo di gioia.

Forse sono state quelle le settimane più belle della mia vita, ancor più di quando ci siamo ritrovati e abbiamo fatto l'amore la prima volta.

Stavamo ore a baciarci: di giorno in pineta, di sera in spiaggia, parlando di tutto. Ci confidammo di esserci sempre sentiti diversi dagli altri ragazzi del Bagno Vela, quelli coi genitori con le ville. Lei era ospite degli zii ricchi, io della nonna dannunziana, ma le nostre famiglie vere non c'entravano niente con quelle che frequentavano la Versilia. I miei genitori erano degli irregolari, i suoi, da quello che capii, operai. Mi disse che da giovani avevano lavorato in fabbrica ma che ora il padre faceva l'elettrauto e la madre la casalinga, e che suo nonno paterno era un partigiano famoso, il comandante Mauro, uno dei martiri della Benedicta.

Mi raccontò la storia: suo nonno era nella Brigata Garibaldi Liguria ed era stato fucilato dai militari della Guardia Nazionale Repubblicana nel Quarantaquattro. Rimasi impressionato perché anche mia nonna tedesca era morta nel Quarantatré, nei bombardamenti di Amburgo. Avevamo due nonni morti in stragi di guerra, anche se la mia era stata uccisa dagli inglesi della Raf insieme ad altre cinquantamila persone, il suo dai fascisti. Ci sembrò un segno del destino. Sara mi fece notare che i tedeschi morti nella Seconda guerra mondiale erano molti di più degli italiani: oltre dieci volte di più.

Non avevo mai incontrato una ragazza tanto interessata alla storia, e mi innamorai ancora di più. Con gli anni ho capito che la sola storia che interessava Sara era quella, per via di suo nonno Mauro. Passavamo dal parlare di stragi e fucilazioni a baciarci fino ad arrossarci il mento o a buttarci in acqua, spruzzarci e fare la lotta. Stavamo anche con gli altri del gruppo: il mio nuovo status di "ragazzo di Sara" mi faceva sentire molto più a mio agio e sicuro.

Lei era spiritosissima e mi faceva il ritratto di tutta la compagnia del Bagno Vela, a cominciare da Alex, il figlio del bagnino, più grande di noi, quello che era considerato il bello della compagnia, il più figo della spiaggia. Mi disse che una volta, da dentro una cabina, l'aveva sentito parlare con un suo amico delle turiste che seducevano.

«Hanno un punteggio» mi raccontò ridendo, «una cosa tipo che la scopata vale cento, una sega cinquanta e un bacio dieci, pensa che imbecilli. A fine estate fanno i conti e chi perde paga da bere a tutti gli amici.»

Sara è timida, ma non in fatto di sesso. Ne ha sempre parlato, e l'ha sempre fatto, con naturalezza, almeno fino a qualche anno fa. A quei tempi, non erano molte le ragazzine che pomiciavano, non come adesso, e avevo l'impressione che, se fosse stato per lei, avremmo potuto fare tutto, ma io non me la sentivo ancora. Mi limitavo a baciarla, a farmi toccare, a toccarla. Ci accarezzavamo per ore. I momenti più belli erano quando mi ascoltava suonare: si metteva sul dondolo della nonna e a volte si addormentava. Di tutti i momenti felici di quelle settimane felici, nessuno è stato più bello di quando suonavo accanto a lei che dormiva.

È stato allora che ho capito cosa volevo dalla vita: suonare con Sara vicina.

15

Quando gli ho lasciato i ragazzi per raggiungere Massimo al mare, Rino mi ha dato delle foto di Sara. Gliele ho chieste io: tutte le foto che riusciva a trovare dei dieci anni che mi ha nascosto. Ho pensato che poteva uscirne qualcosa, o qualcuno, da cui cominciare a cercarla. Dovrò farlo, se non torna. Sono quasi quattro mesi, ormai.

«Ne ho trovate solo tre, mi dispiace» ha detto Rino passandomi una busta di cartoncino, mentre mangiavamo la buridda ai Cacciatori.

Sulle prime alture di Sampierdarena non sembra di essere in città, anche se si è a dieci minuti dal centro di Genova. È una serata trasparente. Abbiamo lasciato il cielo uniforme e grigio di Milano alle quattro del pomeriggio e siamo arrivati in tempo per goderci un tramonto spettacolare dal balcone di Rino, poi siamo usciti a piedi coi cani e siamo risaliti per corso Martinetti fino alla piazzetta dove si affaccia l'Osteria dei Cacciatori.

Sembra di essere in un paesino di campagna, con i ciottoli per terra, la luce gialla dei lampioni e i vecchi che fumano il toscano seduti sulle panchine. Penso di non aver mai compreso fino in fondo la bellezza del posto dove è nata Sara, anche perché il primo impatto, quando vidi il casermone in cui è cresciuta, fu scioccante. I Ferrando abitano in via San Bartolomeo del Fossato, in una delle torri di otto piani costruite sulle primissime alture di Genova negli anni Cinquanta, quelle da cui è iniziata la mutazione di Sampierdarena da quartiere residenziale in quartiere popolare di operai e immigrati. Quando Sara mi ha portato dai suoi per la prima volta, ho fatto finta di niente, ma è stato sconcertante vedere casa sua, soprattutto da fuori. Otto piani di panni stesi, balconcini trasformati in verande di anodizzato per guadagnare due metri di spazio, intonaco scrostato, antenne affastellate, tapparelle rotte. E dentro scale sporche e anguste, porte rovinate, fino a un appartamentino poveramente rifinito, pulitissimo, al quinto piano.

Sono entrato col cuore stretto da tanta modestia, ho fatto quattro passi fino al balcone sul quale si affacciava un misero tinello e mi è esplosa in faccia la bellezza, il panorama più scenografico che avessi mai visto da una casa di città: tutta Genova, a perdita d'occhio, con la Lanterna, la città vecchia, il porto coi traghetti, i cantieri, il mare davanti, le montagne attorno, il cielo blu sopra, di fronte, dappertutto, e l'aria trasparente, tiepida, profumata di mare, coi gabbiani che planavano davanti ai miei occhi e il suono delle sirene delle navi che partivano in lontananza.

È spiazzante quando bellezza e bruttezza convivono così, fianco a fianco, non mi sono mai chiesto cosa abbia prevalso, nell'infanzia di Sara: le scale del condominio o la vista dal balcone?

«Alla faccia del panorama!» mi sono limitato a commentare quella prima volta. E sua madre: «Dovresti venire d'inverno, quando soffia il vento di tramontana», con tono talmente monocorde che non avevo capito se intendesse dire che era meglio o peggio. Quando poi ci sono andato d'inverno, a Natale, ho capito che è terribile, il vento di tramontana.

Oggi mi è venuta in mente l'ultima volta che abbiamo fatto l'amore sul divanoletto, in silenzio, una notte che il vento di tramontana sembrava buttasse giù il palazzo, e mi sono emozionato.

Con Rino e i ragazzi ci siamo seduti in veranda, ai Cacciatori, davanti a un litro di vermentino della casa e cinque piatti di pansotti al sugo di noci. Col papà, si mangia tutti la stessa cosa: niente menu individuali e niente capricci. I bambini erano contenti, anche Maria. Sembra quasi che ci stiamo abituando a vivere senza Sara.

Porgendomi la busta, Rino ha detto: «Una l'abbiamo fatta al rifugio dove lavorava l'unica volta che siamo andati a trovarla. È con Alessandro, il suo fidanzato guida alpina. Le altre due sono quasi uguali: è con la sua amica Paola. Sono del periodo peggiore, quando spariva. Ci ho messo dentro anche una poesia che era nel suo cassetto».

Rino ora ha un tono tranquillo, di servizio, non come la sera delle quattro sambuche, quando mi ha sequestrato sul balcone, al gelo, e mi ha raccontato della giovinezza di Sara. Sono sicuro che ha capito tutto senza che io gli abbia dovuto dire niente. Ha intuito che sto facendo i conti con una donna che non conosco, anche se ci ho fatto tre figli. Lo sa quanto è complicata Sara, sebbene sembri averlo accettato molto prima di me. Non capisco come un padre possa sopportare che la figlia sparisca per mesi senza dare notizie, lasciando un marito e tre bambini, ma sembra che Rino, e in fondo anche Maria, se lo aspettassero, o almeno non siano tanto sconvolti dal gesto inconcepibile di Sara. Forse la conoscono meglio di me. Sangue del loro sangue. Forse sanno qualcosa che io non so. Non posso pensarci.

Non ho voluto aprire la busta davanti ai bambini, ed è finita che me la sono dimenticata due giorni in macchina. L'ho portata in Sardegna con me, ha attraversato il mare dentro alla tasca dello sportello del passeggero, si è fatta un bel viaggio.

La trova Massimo, la seconda sera a Cala Falsa, mentre stiamo andando fuori a cena. Abbiamo passato la giornata in mare: come sempre aveva ragione lui, ieri è entrato maestrale e oggi abbiamo surfato fino a sera. Onde di due metri, niente di eccezionale, ma mi sono divertito, anche se ho bisogno di rifarmi il fiato. Oggi per la prima volta non ho mai pensato a Sara, mi sono purificato da lei nel vento, tra le onde e la salsedine.

In questi mesi è successo solo ai concerti, che riuscissi a liberarmi completamente di lei. Alle prove, quando studio, mentre porto i bambini a scuola, la sera, lei è sempre lì, in un angolo della testa, che mi osserva per vedere se ho finalmente capito dove ho sbagliato. Non è una bella sensazione. Vorrei cancellarla, prima di cominciare a odiarla. Ha fatto una cosa assurda, stupida e infantile, ma è mia moglie, è Sara. Non voglio odiarla.

Ieri abbiamo cenato a casa, Massimo ha voluto cuocere capocollo e salsiccia alla griglia, in giardino, anche se fuori fa ancora freddo. Appena la carne si è cotta siamo corsi dentro e l'abbiamo mangiata seduti al tavolo di marmo, in cucina, bevendo vino rosso e parlando di tutto, ma non di lei. Massimo mi ha raccontato del suo lavoro, dei fratelli, abbiamo discusso di politica e di surf. Lui lo capisce quando uno ha bisogno di staccare.

«Posso?» chiede mentre guido, infilando le mani nella tasca dove ho messo la busta di Rino ed estraendo le fotografie senza aspettare che risponda. Massimo sembra sulle nuvole, ma si accorge di tutto. Butto l'occhio senza smettere di controllare la strada, che in questo punto è piena di curve, ma non vedo niente, è già quasi buio. Intuisco che sono foto in bianco e nero.

Massimo dice: «Prima o poi dovevamo parlarne». Accende la luce dell'abitacolo.

Rispondo: «Aspetta, non le ho ancora viste, me le ha date suo padre a Genova ma mi sono dimenticato di guardarle».

«Lacan diceva che non dimentichiamo mai niente...» mi provoca. Ha ragione. Ho voluto scordarmele due giorni, quelle foto, ma adesso dobbiamo parlare di Sara, sono qui anche per questo.

Non ce la faccio a guidare fino al ristorante, devo vedere quelle fotografie adesso, devo parlare con Massimo, dirgli tutto, chiedergli tutto.

«Fermiamoci prima, beviamo qualcosa» propongo.

Conosco un chiosco vicino alla foce del fiume Coghinas, lì vicino, ci sono stato con Sara e i ragazzi l'ultima volta che siamo venuti qui, l'estate scorsa.

Eravamo andati a cercare l'airone rosso. Sara aveva voluto affittare un piccolo battello e risalire il fiume al tramonto con una guida: non avevamo trovato l'airone rosso, ma il falco di palude, ancora più raro, e anche molte garzette, tuffetti, colombacci e tarabusi. I bambini si litigavano i cannocchiali, anche se gli uccelli si vedevano benissimo a occhio nudo, e Maria aveva piantato una grana perché non avevamo incontrato il fenicottero rosa. Allora le avevo promesso, scherzando, di portarla a vedere quelli che abitano nel giardino di una casa di Milano.

«Ah, a Milano sì che c'è tutto» avevo sospirato, «altro che Sardegna», e Sara mi aveva lanciato uno sguardo piccato. Mi era dispiaciuto, perché una volta avrebbe capito la battuta e riso con me – a parte il fatto che i fenicotteri rosa, a Milano, ci sono veramente. Mi era passato il buonumore che mi mette qualunque esperienza nuova, compresa una gita sul fiume alla ricerca di uccelli dei quali non mi importa niente. Al rientro eravamo intirizziti dal vento e ci siamo fermati a bere un tè caldo in un chiosco di legno che batteva bandiera dei Quattro Mori. Sara mi aveva indicato una targa con una frase firmata Fabrizio De André e datata 1996:

"La vita in Sardegna è forse la migliore che un uomo possa augurarsi: ventiquattromila chilometri di foreste, di campagne, di coste immerse in un mare miracoloso dovrebbero coincidere con quello che io consiglierei al buon Dio di regalarci come paradiso."

Non aveva detto niente ma il suo sguardo era eloquente. Significava: "Lo vedi, cretino, che la Sardegna è un paradiso? Lo dice anche De André". Mi ero irritato per la sua presunzione di vedere più lontano di me: lo so anch'io che la Sardegna è bella, non ho bisogno che me lo spieghi nessuno e non ho bisogno di ammantare di misticismo quel che mi piace. Una volta, anche Sara era come me. O almeno, lo avevo creduto.

Parcheggio la macchina e con Massimo ci sediamo a uno dei tre tavoli del chiosco, lo stesso in cui ci eravamo fermati con Sara. Non c'è nessuno, solo una donna al bancone, carina, magra, che sfoglia una rivista. Massimo fa un segno che da queste parti vuol dire "due Ichnusa" e mi passa la busta con le foto. Non sto a ricordargli che la birra non mi piace, tanto non potrei inghiottire nulla. Forse lo sa meglio di me: non è da lui ignorare i gusti degli amici.

La apro e le guardo. Nelle prime due c'è una Sara sciupata, bellissima, giovanissima, coi capelli corti dritti sulla testa, un taglio punkeggiante e spettinato alla Laurie Anderson, insieme a una ragazza bionda che non ho mai visto. Non capisco dove siano, pare il cortile di una fabbrica, o un parcheggio. La ragazza bionda è a cavalcioni di una Vespa 125, i piedi calzati di anfibi neri poggiano a terra. Sara è seduta dietro. Anche lei con gli anfibi e un giubbotto di pelle. Sembra che stiano partendo per un viaggio anche se non sorridono, non salutano: hanno uno zaino montato sul portapacchi. Niente caschi. Forse non erano ancora obbligatori? Di quando sarà questa foto? Potrebbe essere del Novanta, o giù di lì. Forse prima. Devo ricordarmi di guardare da quando si deve indossare il casco per legge.

Nell'altra foto, davanti a una baita di pietra, con una montagna sullo sfondo, c'è Sara abbracciata a un ragazzo biondo che conosco benissimo, anche se in questo momento non ricordo chi sia. Lo guardo meglio. Massimo ha già finito la sua Ichnusa e sta cominciando la mia.

Dannazione. Si è fatto crescere la barba ma è Alex, il figlio del bagnino. Il più bello e il più stupido della spiaggia, quello che faceva scommesse sulle turiste, quello che Sara sfotteva, a cui dava dell'imbecille, è la misteriosa guida alpina con cui è stata fidanzata tre anni! Naturalmente non me lo aveva raccontato.

«Porca merda», è l'unica cosa che riesco a dire, buttando le foto sul tavolino. Mi alzo ed esco, seguito da Massimo. Fa buio e freddo adesso. Soffia forte il maestrale.

Alla foce del Coghinas c'è una vegetazione strana, di pioppi, canne e felci, non sembra di essere in Sardegna. Faccio per incamminarmi su uno sterrato che costeggia il fiume, ho bisogno di muovermi, di parlare camminando. Mi giro verso Massimo: «Vieni?».

Risponde: «Aspetta, c'è anche questa nella busta, te la leggo», e si piazza sotto l'unico lampione che illumina il parcheggio e l'imbocco del sentiero. Prende dalla tasca un foglio di carta gialla a righe, di quelli bucati che si infilano nei raccoglitori ad anelli. Riconosco la scrittura di Sara: è la poesia che Rino ha trovato in un cassetto. Massimo tiene con due mani il foglio scosso dal vento e legge: «Vorrei un giorno camminar da solo, ma solo solo, senza me stesso». Poi alza gli occhi, mi guarda: «Sembrerebbe un verso di Dino Campana».

Ma che Campana, io penso a quel fesso di Alex.

«Cosa significa, che aveva bisogno di camminare da sola? Dài, andiamo intanto, io sì che ho bisogno di camminare, ho freddo» gli dico, voltandomi verso il sentiero. Passeggiamo affiancati lungo il fiume e mi attraversa la mente l'immagine di un altro sentiero, quello della Versiliana, la sera che Sara mi baciò, mille anni fa.

Massimo mi prende un gomito con la mano: «Vuol dire che il desiderio di uscire da se stessi, di liberarsi di sé, è un desiderio tipico delle persone inclini alla depressione. Sai quando l'ha ricopiata, Sara? O l'avrà scritta lei?».

Non lo so. Non so niente di Sara, a quanto pare. Figuriamoci se posso sapere se ha ricopiato una poesia.

Camminiamo insieme, lungo il fiume silenzioso e scuro. Immaginavo che questo momento sarebbe arrivato, ma non avrei mai pensato che succedesse qui, in un posto dove non siamo mai stati, un limbo buio, che non assomiglia a nessuno di noi due. Potremmo essere ovunque, se non fosse per il maestrale.

«Suo padre mi ha detto che era tra le sue cose, dal tipo di foglio potrebbe averla scritta alle superiori... Cosa vuoi dirmi? Che è sempre stata depressa? Sto cominciando a rendermene conto.»

Sono contento che sia buio e che Massimo non possa guardarmi in faccia, capirebbe a cosa sto pensando. Poi mi rendo conto che l'ha capito lo stesso.

«Quando avete perso il bambino, prima di Maria, vi avevo invitato qui, ricordi?»

Mi ricordo eccome, e se mai me lo fossi dimenticato me l'ha ricordato il bel biglietto di Sara trovato il giorno di Natale.

«Stava male, forse non te ne sei reso conto del tutto perché stavi male anche tu, ma non quanto lei. Aveva gli occhi spenti. Un giorno ho capito che stava peggio del solito: a pranzo non aveva mangiato, aveva bevuto un filu 'e ferru a stomaco vuoto, non parlava. Soffriva. Ho sentito che dovevo fare qualcosa.»

Lo interrompo. Non posso rischiare che Massimo menta, è il mio unico vero amico. Lo precedo: «Guarda, lo so che l'hai baciata e anche il resto».

È buio, ma se fosse impacciato lo sentirei dal tono della voce. Invece è tranquillo. «Non c'è nessun resto. L'ho abbracciata e baciata come una bambina.»

«Una bambina? Pure pedofilo» dico, ma mi scappa da ridere. Non posso essere arrabbiato con Massimo per una cosa successa tredici anni fa. Soprattutto se ne parla in questo modo. Mi dà più fastidio dover ammettere che lui aveva capito subito quel che io sto scoprendo dopo tredici anni, anzi, dopo trenta. Ma non rinuncio a tormentarlo: «Se tu appoggi il tuo coso duro addosso a tutte le bambine sconsolate che incontri non penso che ti farò rivedere Maria...» gli dico, e mi fermo a guardarlo in faccia.

«Te l'ha detto? Brava, non avrei creduto» risponde, senza fare una piega. «Tanto lo capisci da te che se una col culo di Sara te lo struscia contro, l'uccello si indurisce da solo. E comunque non ho niente di cui scusarmi.»

Ecco. Ne abbiamo parlato. Per Massimo è sempre tutto facile, ma il bello è che gli credo. Esattamente come avevo pensato, ha fatto tutto lei: l'equivoco, il turbamento, i sensi di colpa. Che donna complicata. Gli racconto del biglietto, minimizzando la parte dell'invaghimento per lui.

«Povera bambina» dice.

«Perché non mi hai mai detto che stava male, se l'avevi capito? E quando l'hai capito?»

«Che era una persona malinconica l'ho capito subito, da quando l'ho vista la prima volta. Quella mania della solitudine, il bisogno di fuga nella natura sono tipici di certe anime... se non si esprimono tendono alle dipendenze o alla depressione. Ma io non ho niente contro i depressi. Sanno creare un sacco di belle cose. Sara era la donna migliore che avessi mai avuto e l'amavi, pensavo che l'avresti aiutata, che si sarebbe sentita protetta da te. E poi cosa avrei dovuto fare? Me l'hai presentata come la donna della tua vita e ti dicevo "guarda che è una potenziale depressa"? Con quello che ti ho visto fare alle Anime Sante coi matti? Non hai mai mostrato una gran sensibilità per chi soffre, Arno, questo te lo devo dire.»

Mi fermo in mezzo al sentiero.

Questa poi.

Non mi ha detto nulla per anni, e ora me le sta cantando. Lo so anch'io che qualche volta coi matti andavo in paranoia. Non credevo che Massimo se ne fosse accorto.

Il fruscio delle canne mosse dal vento si confonde col suono delle onde: siamo a pochi metri dalla grande spiaggia dove Sara non voleva andare perché c'erano gli ombrelloni, che poi erano due file, ma per lei erano troppe. Ha ragione Massimo, c'era sempre troppa gente per lei, ovunque.

Sono stanco, ho fame.

«Dove possiamo cenare? Non ho più voglia di andare fino a Castelsardo, conosci un posto vicino?» gli chiedo. Guardo l'ora sul telefonino, sono le otto.

«Meno male, temevo volessi saltare la cena... In questa stagione sono aperti solo i locali dove va la gente di qui. C'è un ristorante per matrimoni a pochi chilometri. Andiamo lì.»

Torniamo sui nostri passi. Il fiume ora è completamente immerso nell'oscurità. Penso a quel che mi ha detto Massimo sulla passione di Sara per la natura. Fin lì ci ero arrivato anch'io: sentieri, spiagge, montagne, laghi, fiumi, sembra che tutti i momenti cruciali della nostra vita si siano svolti lì, mentre io non uscirei mai dalla città. Tutto quello che passa per Sara succede altrove. Tranne la prima volta che abbiamo fatto l'amore: a casa mia, sul soppalco... Non ci posso pensare a quanto ero felice allora. Mi ero davvero illuso che fosse venuta a Milano per me, che mi stesse cercando.

16

Il ristorante è brutto, enorme, deserto. Ci sediamo in un angolo e un cameriere magro e annoiato ci porta un vassoio di salame. Ordiniamo dei malloreddus al pomodoro.

«Perché voi sardi insistete a mangiare così tanto?» chiedo a Massimo, per prendere fiato e rompergli un po' le scatole.

«Guarda la tua pancia e la mia prima di parlare, amico» risponde.

Me la sono cercata. Adesso potrebbe mettermi a tacere parlando della longevità dei sardi, ma non lo fa. Massimo non dice mai quel che direbbero tutti.

«Cos'altro sai di Dino Campana?» gli chiedo, per tornare sul discorso di Sara prendendola alla larga.

«Che è stato male tutta la vita. Era di un paesetto sull'appennino tosco-romagnolo, non lontanissimo da casa tua ad Anghiari. Ogni tanto scappava, senza dire dove andava, e quando lo riprendevano lo mettevano in manicomio, a quei tempi usava così. E lui fuggiva dal manicomio: andava in Svizzera, in Francia... poi lo riprendevano e ce lo rimettevano dentro. Ha vagabondato ovunque, da Genova all'Argentina, al Belgio. Scompariva per mesi, faceva lavori strani. E intanto scriveva i *Canti Orfici*.»

«E com'è finita?»

«È morto in manicomio, dopo essere stato mollato dal suo grande amore, Sibilla Aleramo.»

«Bel tipo si è presa Sara, come modello.»

«Non sappiamo se era il suo modello.»

«Non era il tuo Lacan che diceva che nulla succede per caso? Se questa poesia da Genova è arrivata fino a qui, un motivo ci sarà» mi esce non so da dove.

«Bravo Arno, allora c'è speranza.» Massimo mi guarda con un sorriso. Lo sapevo che questa di Lacan gli sarebbe piaciuta. Ci credo fino a un certo punto, a quello che ho appena detto, ma sono abbastanza disperato da crederci un po'. Non posso andare avanti così, devo trovarla, parlarci, convincerla a tornare. Le ho scritto decine di mail, ma non risponde. In quattro mesi mi ha scritto tre volte, poche parole, senza dirmi mai dove si è cacciata.

«Non so da dove cominciare, ma da qualche parte devo iniziare a cercarla, fosse pure da Dino Campana» dico a Massimo.

«Steiner sosteneva che le gioie sono doni del destino e il loro valore è nel presente, ma i dolori sono la sorgente della conoscenza e il loro significato si mostra nel futuro.»

«E quindi?»

«Pensaci.»

«Ancora con la storia che non ho sofferto abbastanza, che sono insensibile ai dolori degli altri... cos'è che mi hai detto prima? Ma cosa dovrei fare? Cosa avrei dovuto fare? Ho sposato la donna che amavo, ci ho fatto tre figli, non l'ho mai tradita, cosa dovevo fare? Cos'è che non ho fatto, che non ho capito?»

Il cameriere indifferente si avvicina e chiede se vogliamo carne o pesce. Ha cambiato espressione, adesso sembra incuriosito, coinvolto, mi sa che ho alzato la voce. Massimo e io rispondiamo contemporaneamente: «Carne!», io e «Pesce!», lui. Ci mettiamo a ridere. Sono un po' alterato, ma non dal vino. Sembra che nessuno si renda conto di come sto io, nessuno, tranne Guido, ma lui è un bischero. Non Klara, Guelfo vabbè, non Rino, nemmeno i ragazzi sembrano preoccuparsi per me. Nessuno mi chiede come sto, se il fatto che mia moglie mi abbia lasciato da un giorno all'altro mi stia facendo soffrire. Neanche Massimo, ora che ci penso. Anzi. Sostiene che sono io che non bado alle sofferenze altrui. Glielo dico.

«Scusa Massimo, e io? Va bene che ho la fama dell'insensibile, di quello che non si scompone mai, che non soffre, che pensa solo alla sua musica, ma non approfittatene. Mia moglie è sparita da quattro mesi, non è bello, sai?»

«Voi chi?» chiede.

«Come, *voi chi*?»

«Non *approfittatene*, chi? Di chi parli?» insiste.

«Di te. Dei miei, di mio suocero, persino dei ragazzi. Sembra che nessuno si preoccupi di come sto io. Sembra quasi che sia colpa mia se Sara è sparita!» esplodo.

«Ecco» dice Massimo.

«Ecco cosa?»

«Ti sei chiesto se è colpa tua?»

«Ma vedi di andare...», mi sto arrabbiando. «Senti, Massimo, io sono una persona adulta. Anche Sara è una persona adulta. Sparire per quattro mesi è una cosa che offende la sua intelligenza e la mia, una stronzata da ragazzine isteriche, come fate a non capirlo?»

«E tu come fai a non capire che probabilmente non poteva farne a meno?»

Proprio quello che ha scritto lei nel primo biglietto, quello che mi ha lasciato in cucina: "Sai quando devi fare una cosa per forza?". Ok, lo ammetto, non lo so. Io non lo so come è dover fare una cazzata per forza. Io mi sono sempre comportato bene, io sono una persona equilibrata, non ho mai dovuto bere o drogarmi o fuggire in cima a una montagna perché non potevo fare a meno di farlo. E non lo so se mi piacciono quelli che lo fanno. Anzi, lo so: non mi piacciono.

Lo dico a Massimo: «Se tu definisci "essere insensibili al dolore altrui" il non giustificare quelli che fanno male a se stessi e a chi gli sta vicino, hai ragione. Sono insensibile, non li capisco. Non li voglio capire».

«Non tutto si può capire, Arno. Ci sono delle cose che vanno sentite, non capite.»

«Ma per favore, Massimo, anche tu adesso, pure Pascal: "Il cuore ha delle ragioni che la ragione non comprende...", ma non abbiamo sempre detto che sono stronzate? Tra un po' mi dirai che credi alla Madonna e allo Spirito Santo. Che cazzo ti è successo, amico? Invecchi anche tu, eh?»

Il cameriere ex indifferente ora è tutto per noi. Ci versa addirittura il vino pur di ascoltare i nostri discorsi. Mi aspetto che Massimo lo inviti a sedersi: sarebbe da lui chiedere al cameriere cosa pensa di tutta questa storia. Anzi, quasi quasi lo faccio io. Anche perché sono sicuro che mi darebbe ragione: "Sparita è? Sa bagassa".

Io non penso che Sara sia una puttana, ma che stia esagerando, e parecchio, sì. E nessuno può dire che io non abbia sopportato abbastanza. Continuo a scoprire bugie, come faccio, come farò a fidarmi ancora di lei? Alex era un fesso, e va bene, ma me lo poteva dire che ci è stata insieme tre anni. Avrei capito. Anch'io sono stato con certe ragazze solo perché erano belle, o perché c'erano e basta. Da giovani se ne fanno di cazzate. Ma a trent'anni, a quaranta, non puoi tener nascosti a tuo marito dieci anni di vita, inventarti storie assurde... Se lo fai, vuol dire soprattutto una cosa, oltre al fatto che sei infantile e sciroccata: che non ti fidi di lui. E questo non riesco ad accettarlo.

Massimo sta pulendo l'orata con l'aria di chi riflette.

«Ascolta, devo dirtela tutta.»

«Vai, ormai mi aspetto qualunque cosa.»

«Io avrei potuto innamorarmi di lei.»

Qui non so cosa dire. E non dico niente. Appoggio le posate, lo guardo.

«Quella volta che l'ho abbracciata... e lei mi si è strusciata addosso...»

Porca puttana. Cosa mi dirà adesso, che hanno scopato? Non ce la posso fare.

«Io ho sentito le stesse cose che ha sentito lei. Avrei potuto amarla.»

Cazzo, merda. Cosa dico adesso? Cosa mi vuoi dire, Max?

«Cosa mi vuoi dire, Max?»

«Niente, Arno. Solo che la tua pretesa di spiegare tutto è, quella sì, infantile. Tutto non si può spiegare. C'è il giusto e lo sbagliato, questo è vero. Era tua moglie, e non ho fatto niente. Come non l'ha fatto lei. Ma avrei potuto amarla. E forse l'avrei amata davvero. Magari anche più di te. Non lo so, Arno, non posso sapere quel che non è stato. Ma penso che l'amore negato lasci una ferita. Forse il mio. Ma anche il tuo. Soprattutto il tuo.»

«Io ci sono sempre stato!» grido. Adesso mi alzo e me ne vado. Ma dove vado. Abbiamo una macchina sola.

«Massimo, queste sono chiacchiere. Stronzate. Io ci sono sempre stato. Sono trent'anni che ci sono. Ogni giorno. Da tredici anni vivo con lei, faccio l'amore con lei, litigo con lei, mi annoio con lei, faccio i conti dei soldi con lei, parlo di cosa fanno i bambini, di chi compra il pane, di chi prende il gatto dal terrazzo prima di dormire, trovo i suoi assorbenti usati in bagno, i suoi capelli nella doccia, la spazzatura fuori dal secchio perché non sta attenta quando la butta... È questo l'amore, Massimo, esserci. L'amore è il mio. Non un bacio non dato, una scopata mancata. È il mio l'amore, sono io il suo uomo, non sei tu. E non potevi esserlo, perché non lo sei stato. Sono io che l'aspetto, anche se mi ha detto un mare di balle, anche se si è innamorata di te e ti ha strusciato il culo sul cazzo, ti ha pensato la notte, ha dubitato di me. Io la amo lo stesso. La amo comunque, perché ho deciso di amarla. Io l'ho voluta, l'ho scelta, anche se non la conoscevo, hai ragione che non la conoscevo, se avessi saputo com'era forse non l'avrei scelta. Che importanza ha? L'ho fatto. Io ci sono, non tu. Tu sei in Sardegna, sei a Tempio, sei in vacanza con le tue donne. Ci sono io vicino a lei. E lei deve tornare da me, stare con me, vivere con me, perché solo io la amo davvero. Non voi, con le vostre chiacchiere. E non dirmi *voi chi*!»

Massimo non dice niente. Adesso mi sono infervorato davvero.

Il cameriere ci porta due mirti gelati anche se non li abbiamo ordinati. Mentre appoggia il mio sul tavolo, mi posa per un istante la mano sulla spalla.

Massimo mi sorride. Si alza, beve un sorso del suo mirto, prende il portafoglio nella tasca dietro dei calzoni e dice: «Andiamo, pago io».

17

Il Bagno Vela ha addirittura un sito bilingue, inglese e italiano. Nel "Chi siamo" c'è scritto che appartiene alla famiglia Salatini dal 1935. Ecco come si chiamava Alex: ricordavo un nome buffo... Salamini, Salottini... Salatini! Il figlio del bagnino fa la guida alpina. Digito "Alessandro Salatini guida alpina" e non trovo niente, provo "guide alpine Toscana" ed esce un Collegio Regionale Guide Alpine Toscana, con la fotografia di un bel profilo di montagne al tramonto. Clicco su "Albo" ed eccolo lì, in mezzo ad altri nove: sono dieci in tutto, la Toscana non sembra essere terra di guide. C'è la fotografia, il numero di telefono, la mail e anche la specializzazione: lavori in fune. Cosa saranno? Mi vengono in mente i "lavori in pelle" di *Blade Runner*, sarà un replicante anche lui?

Ha gli occhiali da sole e il cappellino ma è proprio Alex, con trent'anni di più, i capelli biondastri mezzi grigi ma sempre lunghi sul collo, abbronzato come allora, stessa mascellona, stesso sorriso di chi la sa lunga, ma ora invece di fare lo scemo con le turiste in spiaggia sta in cima a non so quale montagna con un pile verde addosso. Ci ho messo tre minuti a trovarlo.

Compongo il suo numero prima di poterci ripensare. C'è la segreteria telefonica: la voce non sembra la sua, ma è passato tanto tempo. Riattacco. C'è anche l'indirizzo di un sito che si chiama Into the Wild. Clicco e parte *Guaranteed* di Eddie Vedder. Che fantasia.

"I knew all the rules but the rules did not know me, guaranteed..."

È una delle canzoni preferite di Sara, l'ascoltava sempre. In effetti è bella.

Nel sito c'è scritto che fanno "accompagnamento vie di roccia, ferrate e trek". Immagino che "trek" stia per trekking. Vado su "Chi siamo" e leggo: "Alex e Marco sono amici da sempre. Sognavano insieme pareti e arrampicate, pendii e orizzonti fin da bambini".

Clicco su "Alex", ed ecco riapparire la foto con occhiali e cappellino e la biografia: "Sono Alessandro Salatini e sono nato al mare nel 1965, ma vita e passioni mi hanno portato in montagna. Dopo essermi sperimentato per anni nell'arrampicata, nello sci-alpinismo, nel free ride, ho conseguito il brevetto di Guida Alpina. Insieme a noi, nelle escursioni più facili sino ai trekking più impegnativi, nella profondità del rapporto con la montagna, finalmente avrete l'opportunità di ritrovare voi stessi". Hai capito! Il Salatini ti fa ritrovare te stesso, siamo a posto. Torno nella home del sito e tra le notizie di ferrate sulle Apuane, in Sicilia, in Val d'Aosta e in Veneto trovo: "Allenamento quotidiano arrampicata: dal lunedì al mercoledì nella pausa pranzo e tutti i giovedì, dalle 19 alle 21, ci alleniamo insieme presso la sala boulder del Centro Gym a Viareggio, piazza Cavour 18".

Eccoti qui, Alex. Non sei andato lontano. Vengo a prenderti in piazza Cavour un giovedì sera e parliamo.

Scrivo subito una mail all'indirizzo di Alex:

Caro Alex, sono Arno, ci siamo conosciuti al Bagno Vela da ragazzi, non so se ti ricordi di me. Sono il nipote della signora Mimma, quello di Arezzo che suonava il violoncello. Ora vivo a Milano. Sono di passaggio giovedì prossimo a Viareggio e avrei bisogno di parlarti. Va bene se vengo alle 21 al Centro Gym e mangiamo un boccone insieme? Te ne sarei grato.

Troppo piatto? Dovrei infiocchettarlo con qualche riflessione sul ritrovare se stessi, per agganciarlo? Non ce la faccio. Firmo e spedisco. Vediamo se il Salatini si arrampicherà sugli specchi o mi racconterà qualcosa dei tre anni che Sara ha passato con lui. Magari non mi risponde nemmeno, oppure non mi dirà niente. O forse saprà dov'è Sara adesso. Ormai mi aspetto di tutto.

L'importante è aver iniziato a cercarla: se scopro chi è stata, forse capirò anche chi è ora, e dov'è andata.

Caro Arno, non abito a Viareggio, gli allenamenti li tiene il mio socio Marco. Io vivo a Roma. Se passi anche da qui, ti vedo volentieri. Alex

La risposta di Alex tarda dodici ore: abbastanza per dedurne che non viva da eremita scollegato ma nemmeno con lo smartphone in tasca. È gentile, diretto, e mi ha smontato. Non me la sento di fare trabocchetti a nessuno, gli scrivo la verità: che ho bisogno di parlare di Sara. Che se accetta di incontrarmi vado a Roma apposta per vederlo. Non sono mai stato capace di raccontar balle.

Risponde la sera, controllerà la posta prima di dormire. È disponibile, asciutto:

Dal martedì al giovedì a pranzo, se mi avverti una settimana prima.

Gli scrivo subito, proponendo mercoledì della settimana successiva. Puntuale, dodici ore dopo risponde:

Osteria dell'Angelo, via Bettolo 24, alle 13.30.

Non mi dispiace questo Alex, concreto e di poche parole. Chissà cosa mi racconterà di Sara: non ho più paura dei suoi misteri, da quando ho deciso di cercarla.

18

Arrivo in stazione centrale con mezz'ora di anticipo. Sono dieci anni che abitiamo a cinque fermate dalla stazione e non ho ancora capito quanto tempo ci vuole: ogni volta arrivo troppo tardi o troppo presto. Di solito mi sposto in macchina, così non ho orari da rispettare, ma non posso andare a Roma in automobile e tornare in giornata. E non ho voglia di volare, prendo fin troppi aerei in tournée.

Sono rientrato a casa dopo aver accompagnato i ragazzi a scuola e ho lasciato un biglietto alla colf Penny, che arriva alle nove e mezzo e se ne va all'una: "Cuocere cotoletta per Maria, grazie".

Da quando Rino è tornato a Genova, se a pranzo non ci sono, Maria mangia da sola. E alle quattro e mezzo, se ho prove, Alice va a prendere i bambini a scuola, li porta ai corsi o al parco e gli prepara la cena. A qualunque ora io torni, la trovo sempre sul divano col suo computer portatile, che mi sorride e dice «sono stati bravissimi». Alice al mattino frequenta un corso per infermieri, ha vent'anni: è la figlia di mezzo del bassotuba, Farinetti detto il Grizzly. Mi ha sentito raccontare ad Asia che cercavo una baby-sitter e ha proposto sua figlia: «Alice ha le sue idee, vuole essere indipendente, contribuire alle spese» ha mugugnato, come per scusarsi del fatto che la figlia vuole lavorare. Ho doverosamente risposto: «Grazie, la incontro volentieri». Temevo il peggio perché, come dice il soprannome, il Grizzly è un musone. In orchestra abbiamo quasi tutti un nomignolo cretino: c'è Barbablù, il fagotto, divorziato da tre mogli, Suspiria, il timpanista, la Morositas, violinista sudamericana, Carramba, il trombone che fa scherzi scemi, Effetto Notte, l'arpista attaccabottoni... io sono il Tedesco.

Il Grizzly sta sempre solo e non parla, brontola, quindi non avevo grandi aspettative su sua figlia. Invece è arrivato al colloquio un angelo tascabile: gentile, carina, tutta sorrisi, sguardi luminosi e ondeggiamenti di lunghissimi capelli biondi. I ragazzi se ne sono innamorati a prima vista, tutti e tre. Maria perché Alice è magrissima e porta i jeans attillati e le scarpe da ginnastica della marca che piacerebbe a lei, Elia e Carlo perché sembra una fatina, così piccola, esile e sorridente. È un piacere trovare Alice a casa, quando torno; oltre ad avermi risolto molti problemi, mi dà fiducia nel futuro dei giovani. Non è vero che sono tutti superficiali e rimbambiti come si legge: Alice vuol lavorare con Medici senza Frontiere, ama i libri, va ai concerti e nel fine settimana fa volontariato sulle ambulanze o con un'associazione che assiste i bambini malati di cancro.

Adesso, tra lei e Penny, che ho convinto a venire ogni mattina invece che solo tre volte la settimana, a casa siamo organizzati bene. Ho chiesto in Scala di non fare tournée fino a che non risolvo certe "questioni di famiglia" e sono stati comprensivi, a parte il fatto che non è difficile trovare chi ti sostituisce perché in tournée si guadagna di più.

Chissà le chiacchiere alle mie spalle. Non me ne curo. So che mi stimano, e alcuni mi vogliono bene. In fondo, se fosse stata la moglie di un altro a sparire, sarei stato il primo a fare battute. Non mi aspetto che non facciano pettegolezzi, ma tra me e me li ringrazio perché nessuno mi guarda con commiserazione, anzi, continuano a darmi dello stronzo come prima.

A Roma con l'orchestra si va poco, ogni tre o quattro anni. Mi viene in mente quando abbiamo suonato con Muti all'Auditorium della Conciliazione: avevo perso l'aereo e mi ero dovuto ricomprare il biglietto da solo perché allora ero ancora un aggiunto, non potevo certo permettermi di arrivare in ritardo. Vinsi il concorso l'anno dopo.

La volta più bella a Roma è stata quando abbiamo suonato, sempre con Muti, nella Cappella Sistina: eravamo in formazione ridotta, solo una quindicina, ci avevano fatto cambiare nel salone da cui il papa tiene il primo discorso. Ci aggiravamo emozionati in mutande e la prima viola aveva appeso il portabiti proprio alla finestra da cui si affaccia il papa per parlare ai fedeli. Di recente abbiamo suonato al Parco della Musica. Tra Scala e Santa Cecilia c'è una gran differenza, loro fanno solo il sinfonico, noi lavoriamo il doppio.

Mi accorgo che dico "noi" come fossi milanese, eppure Anghiari è più vicina a Roma. In effetti non mi sono mai sentito a casa in nessun posto come a Milano. Non ad Anghiari, non ad Arezzo, non a Firenze e tantomeno ad Amburgo o ad Amrum. Sara diceva che la mia casa è la Scala, ma io ho sempre pensato che fosse dov'era lei.

Adesso che non so dove sia, ammetto che il posto dove sto meglio è il teatro. Anzi: il teatro e la cucina di casa nostra, a pari merito. Ma solo nei momenti di grazia, quando i ragazzi non litigano e sono simpatici.

Nei mesi con Rino è capitato spesso. Come se l'assenza della mamma li rendesse più responsabili e adulti.

Sono in anticipo, mi infilo dentro la nuova libreria della stazione. Voglio comprare il romanzo su Campana di cui mi ha parlato Massimo, *La notte della cometa*. Mi ha detto che è la cosa migliore per capire Dino Campana, oltre alle sue poesie, e io non vado matto per le poesie.

La ragazza alla cassa controlla sul computer, lo trova, manda un commesso a prenderlo: è un piccolo tascabile. Chissà cosa mi aspettavo.

In copertina c'è un disegno grigio-azzurro, inquietante, di donne aggrappate a un albero spoglio. Sul retro spiegano che è un graffito su cartone di Giovanni Segantini e s'intitola *Le cattive madri*.

C'è scritto che l'autore è nato a Genova. Come Sara. Mi viene da pensare che Sara, nonostante i suoi difetti, è stata tutto tranne che una cattiva madre. E anche Klara, alla fine. E Mina? Sembrava che tenesse Sara lontana, era più gentile con me che con lei, non insisteva mai per vedere la sua unica figlia, né i suoi unici nipoti. Non sarà stata matta come si era inventata Sara, ma era strana, quello sì.

Compro una bottiglia d'acqua al distributore automatico sul binario e salgo sul treno. Carrozza due, posto ottantacinque. Meno male, c'è il tavolino e sono seduto vicino al corridoio. Accanto al finestrino, uno di fronte all'altra, ci sono due stranieri sui sessant'anni, una coppia. Parlano inglese con un accento che non riconosco. Lei ha un fisico atletico, occhi vivaci, folti capelli grigi ricci tagliati sotto le orecchie. È abbronzata e indossa gioielli d'argento. Lui è un bellissimo uomo, sembra un attore, con occhiali tondi di tartaruga e una T-shirt blu a maniche lunghe di quelle senza colletto e senza marchi che piacciono a me e in Italia non si trovano. Lei legge una guida su Firenze, lui un libro di Vargas Llosa.

Pensavo che saremmo diventati così, invecchiando, Sara e io. Che quando i ragazzi fossero cresciuti avremmo cominciato a viaggiare insieme, ci saremmo goduti la vita. Questi scopano ancora, si capisce benissimo. Lei ha belle tette, fasciate in una maglietta scura e scollata, e un viso sexy, caldo e intelligente. Sara tra quindici anni, a parte le tette, sarà così, o ancora più bella.

Sorrido alla coppia e inizio a leggere il libro. Siamo nel 1983 e l'autore, Sebastiano Vassalli, è a Marradi. Ha preso una camera nell'albergo dove Campana e la Aleramo avevano trascorso la notte di Natale del 1916. Mi viene in mente che una volta ho visto Sara leggere un libro dell'Aleramo, mi pare s'intitolasse *Una donna*, o qualcosa del genere. Non le ho chiesto se le piaceva o no. Non le chiedevo mai se le piacevano o no i libri che leggeva: avrei dovuto? Non ho mai avuto l'impressione che avesse bisogno del mio sguardo, come certe donne petulanti che pretendono attenzioni continue. Sara ha cominciato a leggere dopo che ci siamo sposati, quando aspettava Maria. Gli ultimi mesi era dovuta rimanere a riposo perché rischiava il distacco della placenta. Non si è mai lamentata: si è messa a letto con una pila di romanzi e quando tornavo e le chiedevo come stava diceva sempre «benissimo».

La moglie del portinaio saliva a prepararle il pranzo. Una volta ero rientrato presto e avevo trovato Mercedes seduta ai piedi del letto, intenta a raccontarle qualcosa in spagnolo mentre Sara l'ascoltava con occhi spalancati. Non sapevo che conoscesse lo spagnolo e quando Mercedes se n'era andata le avevo domandato quando l'aveva imparato. «A scuola» aveva risposto.

Sua madre non è venuta a trovarla nemmeno una volta, in quel periodo. Rino invece telefonava quasi ogni giorno ed era arrivato una domenica pomeriggio, portando un barattolone di pesto «da parte del Bepi» e ripartendo quasi subito, «perché Mina ha un gran mal di schiena».

Questo treno è fin troppo veloce, siamo già a Bologna e sono a metà libro. Ora capisco il disegno di copertina: a sentire Vassalli è stata la madre di Campana a farlo impazzire. Non lo voleva in casa, preferiva il fratello minore, faceva di tutto per toglierselo di torno. Convinse il marito a farlo studiare lontano, in scuole terribili, a mandarlo in manicomio ai primi segni di stranezza, a esiliarlo in Argentina. Ma Campana tornava sempre a Marradi. Poi rilitigava con la madre, beveva, faceva casino e fuggiva. Povero cristo, sembra davvero che sia stato una vittima della madre.

In una delle sue fughe era finito pure a Genova, chissà se Sara lo sapeva. E da lì, non ci posso credere, aveva fatto un viaggio in Sardegna, ad Aggius, invitato da uno studente di Olbia. Aggius, il paese di Massimo! Non l'ho mai trovato citato in nessun libro. Quanti posti abbiamo in comune con questo tizio: Genova, Aggius, Marina di Pisa dove si era infrattato con la Aleramo, Firenze dove litigava con gli intellettuali dell'epoca. E Marradi, cento chilometri da Anghiari ma molto simile, a leggere la descrizione di Vassalli.

Come è piccola l'Italia: facciamo tutti gli stessi giri.

Entriamo nella stazione di Santa Maria Novella proprio mentre leggo del decreto del tribunale di Firenze che manda Campana definitivamente in manicomio, nel 1918: "Dopo un breve periodo di permanenza nella clinica di San Salvi, reparto agitati, il demente viene trasferito nel cronicario di Castel Pulci, in comune di Badia a Settimo".

E ci rimane fino al 1932, quando improvvisamente si ammala e muore di una vecchia sifilide, a quarantasette anni. L'età di Massimo. "Le vite degli uomini, quando incominciano storte, nemmeno Dio le raddrizza" è il commento finale dell'autore. Devo aver fatto una strana faccia perché la signora di fronte, mentre il marito raduna i bagagli per scendere, mi domanda: «*Are you ok?*».

«*All right, thank you*» le rispondo. E mi scappa da chiederle, perché era da un po' che ne avevo la curiosità: «*Where are you from?*».

«*From Australia*» mi risponde il marito.

Australiani così raffinati, non l'avrei mai detto. Forse lei intuisce la mia sciocca riflessione perché, prima di scendere, mi mostra sul suo iPad la fotografia di una casa bassa, di vetro e legno chiaro, alle spalle di una magnifica spiaggia dorata.

«*We live here*» mi dice, sorridendo.

Che persone piacevoli. In due ore di viaggio non li ho mai sentiti discutere o dirsi banalità: si scambiavano impressioni sulle rispettive letture, si facevano gentilezze come porgersi l'acqua o abbassare la tendina per ripararsi a vicenda dal sole che entrava di taglio. Lei gli dava notizie su Firenze, a bassa voce, e lui ogni tanto le leggeva qualche riga dal libro di Vargas Llosa.

Quando lui leggeva la guardavo: rimaneva assorta, in silenzio, senza fare commenti o dire la sua, con aria di pensierosa complicità. Ammetto di avergliela invidiata, al mio vicino, questa moglie bella, attenta, e soprattutto presente. La mia, dove sarà?

Quando il treno riparte per Roma riprendo il libro. Da quanto tempo non leggevo un libro intero in tre ore? Guelfo mi ha sempre rimproverato di leggere poco, dice che i musicisti sono tutti ignoranti, tranne i compositori. In passato mi ha fatto arrabbiare, coi suoi commenti sprezzanti, ma non posso dire che abbia torto: siamo troppo concentrati sul nostro strumento e su noi stessi, per essere davvero colti. Tra studio, prove, recite, tournée non ci resta tanto tempo per leggere, andare al cinema o alle mostre. Però sappiamo tutto sulle opere e su certi autori.

Rileggo una pagina a cui ho piegato un angolo per ritrovarla, dove si parla dei matti ricoverati a Castel Pulci insieme a Campana. Secondo Vassalli, che ha letto i loro fascicoli: "I più erano gente che dava fastidio. Ubriaconi che gridavano di notte; caratteriali che attaccavano briga con chiunque incontravano; donne di buona famiglia ma di facili costumi. Nuore che non andavano d'accordo con la suocera, e nemmeno con il marito. Uomini senz'arte né parte, con la mania del gioco d'azzardo. Donne che passavano il tempo a litigare con le vicine di casa. Donne che si credevano uomini, e uomini che si credevano donne. Persone di cui bisognava liberarsi mandandole in America o in Australia, o internandole in un manicomio".

Sara non litigava con nessuno, non dava fastidio a nessuno. Ma se una donna agli inizi del Novecento fosse scomparsa da casa lasciando marito e tre figli l'avrebbero di sicuro spedita in manicomio, non appena l'avessero ritrovata.

"Dino, in casa, non può starci perché la madre non lo tollera. I suoi guai nascono da lì: e si sa che, quando una vita incomincia ad andare storta, poi non c'è più nessuno che la raddrizzi. La bocciatura in prima liceo, i comportamenti strani, gli anni trascorsi in collegio sono una conseguenza di quel dramma familiare: e a loro volta causeranno l'alcolismo, i vagabondaggi, la nomea del 'matto' e le persecuzioni dei compaesani..." scrive Vassalli. E ancora: "La storia del poeta pazzo è una storia italiana che ha al suo centro la famiglia. Non ho mai creduto nella favola del 'poeta pazzo'. L'accoppiata romantica genio-follia mi ha sempre fatto sorridere...".

Meno male. Questo qua mi sembra una persona sensata. Neanche a me sono mai piaciuti i poeti pazzi, né i poeti maledetti. Neppure da ragazzo, quando piacevano a tutti.

Chissà da dove sono iniziati, i guai di Sara.

19

Dalla stazione Termini prendo un taxi per andare all'appuntamento con Alex.

Com'è bella Roma.

Oggi non c'è il sole, coperto da grandi nuvole bianche e grigie trascinate nel cielo da un vento leggero. L'aria è trasparente, la luce chiara.

Ho un'autista donna, una tassista carina che mi domanda da dove vengo, che tempo fa a Milano e si scusa per il traffico romano. Le do l'indirizzo e le chiedo in che zona è. Conosco poco Roma. «Prati» risponde. «Una bellissima zona. Dove c'è la Rai, uffici e case eleganti.»

Chissà perché, immaginavo che Alex mi avrebbe dato appuntamento in un posto di periferia, oppure in un quartiere come il Testaccio o Trastevere. Per quel poco che ho frequentato Roma da ragazzo, tutti quelli che conoscevo abitavano a Trastevere o al Testaccio. Mi sono fatto l'idea che Alex, la guida alpina, sia un tipo alternativo. I suoi, col Bagno Vela, devono aver fatto i soldi, e lui probabilmente si concederà una vita non inquadrata, tra natura e avventura. Chissà cosa fa qui. Magari ci abita la sua donna del momento.

Da ragazzino, Alex non dava l'impressione di essere tanto intelligente, ma noi maschi eravamo tutti invidiosi di lui perché era il più belloccio, il più grande e, in quanto figlio del bagnino, aveva accesso illimitato al ping-pong, al flipper, al biliardino e al frigorifero delle bibite e dei gelati. Ora dovrebbe avere quarantasette anni. Come Massimo. Come Dino Campana quando è morto di sifilide.

Se la sifilide ci fosse ancora avrebbe corso un bel rischio, il nostro Alex, con tutte le turiste che si faceva da ragazzo. Chissà se allora era già iniziata l'epidemia di Aids, chi se lo ricorda. È un problema che non mi sono mai posto, non ho avuto così tante donne, e ho sempre usato il preservativo, come mi aveva raccomandato Klara. Ci sono anche dei vantaggi ad avere la mamma hippie e tedesca: non saprà fare le lasagne, ma sa molte altre cose utili. Tutto sommato, mi è andata bene con l'educazione, non mi sono mai fatto una canna anche perché le ho sempre viste girare, tra i loro amici, con naturalezza. Non sarebbero state una trasgressione, per me, anzi.

L'Osteria dell'Angelo è una trattoria grande e moderna, d'angolo, con molti tavoli anche all'aperto, sui marciapiedi, nonostante sia solo la fine di aprile. Lascio la mancia alla mia bella tassista, che mi fa un sorriso radioso. È davvero carina: giovane, bel seno, occhi dorati. E buoni gusti musicali. Se non avessi altro per la testa, se fossi libero, magari le chiederei il numero di telefono. Lo penso e immediatamente dopo mi stupisco di quel che ho pensato, cosa mi succede oggi? Sara dice che non mi accorgo mai delle persone che incontro, invece mi sono piaciute sia l'australiana del treno che questa ragazza. Forse comincia a mancarmi una donna. Quanto tempo è che non faccio l'amore? Aspetta... lo so. Sara è sparita il ventun dicembre. L'avevamo fatto sabato, quindi era il diciassette dicembre.

Me lo ricordo perché era successo al mattino: a me piace un sacco ma non me la trovo mai vicina al risveglio perché si alza prima di me. Invece quel sabato era ancora lì. Da come respirava capivo che era sveglia, ma non avevo detto niente. Mi dava la schiena, l'avevo abbracciata e avevo cominciato ad accarezzarla. L'avevamo fatto senza che si voltasse. Non era durato a lungo, ma mi era piaciuto moltissimo e mi era sembrato che piacesse anche a lei. Diciassette dicembre: sono più di quattro mesi che non faccio sesso.

Dicevo così, prima di stare con Sara: fare sesso. O scopare. Mi vergognavo a dire "fare l'amore", non mi uscivano le parole.

Con questo pensiero in testa, mi guardo in giro per individuare Alex, il grande scopatore. Lui di sicuro non ci sta, quattro mesi senza una donna.

Ci sono tre sale. Molta gente, con l'aria di essere in pausa pranzo. Vetrate, fotografie di rugbisti alle pareti, mattonelle per terra, tavoli di legno: un posto luminoso e piacevole, non la trattoria buia e scalcagnata che avevo immaginato. Non un locale per sfaccendati o bohémien.

Alex siede a un tavolo da quattro della seconda sala, la più piccola. Lo noto dopo aver girato un po' perché è diverso da come me lo aspettavo. Niente pile, niente giacca a vento da montagna o camicia scozzese: indossa un completo grigio e una cravatta blu, con la camicia bianca. I capelli, lunghi sul collo, sono pettinati all'indietro. Mi avvicino al suo tavolo. Sta leggendo "la Repubblica". Dico: «Alex... sono Arno».

Solleva gli occhi su di me e chiude il giornale. Ha lo sguardo gentile, quasi affettuoso. Si alza in piedi e mi stringe la mano. Dice: «Ben arrivato, siediti». Tiene una valigetta di pelle marrone aperta sulla sedia di fianco a lui. Niente zaino. Mi siedo e non so da che parte cominciare, per fortuna inizia lui. Dice: «Qui si mangia a prezzo fisso ma è tutto buonissimo. Se ti piace la carbonara, te la consiglio. E anche le polpette in bianco, e la cicoria ripassata. Io ci vengo spesso perché ho lo studio qui di fronte».

Mi ha dato uno spunto per imbastire uno straccio di conversazione, prima di arrivare a Sara. «Studio di cosa? Non fai la guida alpina?»

Ride: «Magari. Quello è il divertimento del fine settimana. Faccio l'avvocato, cause societarie». Ma pensa. Salatini avvocato. Sbircio se ha la fede al dito, ma non la vedo. Devo dire che ha modi e aspetto piacevoli, il vecchio Alex. Ha perso un po' d'accento viareggino, mi sembra.

«E tu?» chiede subito. «Hai rivisto Sara?»

Mi spiazza. È così diretto e io non ho idea di come cominciare. Mi chiedo cosa sa di me, di noi.

«Io e Sara ci siamo sposati nel Novantotto.»

Non sembra tanto sorpreso. Lo sapeva? Sa anche che è sparita?

«Sono contento. Lo diceva che ti avrebbe ritrovato» commenta. Allora è vero che mi cercava.

«E come sta? Avete dei figli?»

«Ne abbiamo tre.»

«Che bello. Le piacevano tanto i bambini. Sarà contenta...» dice, e pare sollevato. "Contento" è una parola che gli va a genio, l'ha già usata due volte. Piaceva anche a me, mi è sempre piaciuta. E non mi piace non essere più contento, per colpa di Sara.

Decido di raccontargli tutto, o almeno una sintesi di quel che è successo: che è scomparsa prima di Natale, che non so dove sia, che si fa viva di rado con una mail ma non dice dov'è o quando torna. E che ho scoperto da poco che, nei sedici anni in cui non ci siamo visti, non è stata bene.

Alex mi ascolta attentamente e sembra rattristarsi poco a poco, come se partecipasse davvero a quel che gli sto raccontando. La sua bella faccia aperta si è rannuvolata. Un cameriere muscoloso e dai modi spicci, che chiama tutti «ragazzi», ci ha portato due carbonare squisite e Alex ha cominciato a mangiare, lentamente, mentre io dopo un paio di forchettate mi sono fermato. Il muscoloso arriva e mi chiede se non andava bene, Alex risponde per me: «No, va benissimo, è che dobbiamo parlare. Se gli porti il coniglio è meglio, mi sa che i rigatoni ormai sono freddi», poi a me: «È un ex giocatore di rugby, come avrai capito. Ma non è pericoloso. In ogni caso il coniglio ti suggerisco di finirlo».

È riuscito a farmi sorridere.

Gli chiedo: «Dimmi cosa sai di lei». Mi sembra un bravo ragazzo, una persona perbene, questo nuovo Alex.

Lui sceglie le parole con attenzione ma sembra spontaneo, sincero.

«Ci siamo incontrati al rifugio Argentea, un posto bellissimo. È nel parco regionale del Beigua, in provincia di Genova, c'è una vista incredibile sul mare. Io ero con due clienti, lei con un'amica. L'ho riconosciuta subito anche se non la vedevo da dieci anni. È sempre stata carina...» dice con un sorriso complice da amico comune, più che da ex fidanzato di Sara.

Lo interrompo per chiedergli com'è che si è appassionato di montagna, lui, figlio di un bagnino. Mi risponde: «Guarda, lo sono sempre stato. È da quando ero bambino che non riesco a starci lontano più di una settimana. Avevo uno zio che mi portava ad arrampicare sulle Apuane, o nelle grotte del Corchia, e mi ha attaccato la passione. Figurati che in piena stagione, dato che lavoravo tutto il giorno in spiaggia con mio padre, ci andavo di sera, se c'era la luna piena, dopo aver chiuso gli ombrelloni. In un'ora ero su. Dormivo all'aperto, mi svegliavo all'alba e mi godevo la passeggiata a scendere. Poi di giorno, in spiaggia, crollavo. Mi sedevo sulla sedia del bagnino con la schiena appoggiata, i Ray-Ban a specchio sul naso, fingevo di controllare il mare ma dormivo...» racconta sorridendo: parlare della montagna gli piace. Mi torna in mente un'immagine di lui seduto immobile, coi Ray-Ban a specchio: «Mi ricordo di averti visto seduto così! E io che pensavo lo facessi per atteggiarti a duro», salto su.

«Sì, duro... duro di sonno. Comunque in montagna ci sono andato sempre di più, anche mentre studiavo. Mio padre mi aveva promesso che, se mi laureavo in Legge, potevo anche mollare il Bagno a mio fratello e dedicarmi alla montagna. E così ho fatto. Quando ho incontrato Sara ero laureato da due anni. Facevo il praticante a Viareggio e nel fine settimana portavo su clienti insieme al mio amico Marco. Abbiamo aperto un'agenzia, l'hai visto il sito: Into the Wild. Marco è un puro, non un mezzosangue come me. Lui è rimasto a Viareggio ma vive per la montagna, sette giorni su sette» spiega Alex.

Sembra che si vergogni un poco, ma neanche troppo, della sua scelta di fare l'avvocato invece che l'alpinista a tempo pieno. Sembra quasi divertito da se stesso, dai compromessi che ha dovuto accettare. Mi dà l'impressione di essere una persona equilibrata, coi piedi per terra.

«Quindi Sara aveva ventitré anni, quando vi siete incontrati?»

«Sì, ventitré.»

«E com'era, cosa faceva?»

«Era un po'... estrema. Arrampicava fino a sfinirsi. Le piacevano i sentieri difficili, sentiva molto la natura. Parlava pochissimo. Stava sempre con una ragazza che si chiamava Paola.»

Che deficiente sono, dovevo portare le foto! Era sicuramente quella coi capelli lunghi, la bionda... Mi pare che Rino l'avesse chiamata così, Paola...

«Una bionda coi capelli lunghi e gli anfibi?»

«Sì» ride Alex, «se li metteva anche in montagna, una cosa assurda. L'hai incontrata?»

«No, ho visto delle foto di Sara insieme a una così. Avevano una Vespa 125?»

«Sì, era di Paola. Era di Genova anche lei. Suo padre lavorava al porto antico, me lo ricordo perché con Sara, a volte, dormivano a bordo di questa o quella barca affidata al padre di Paola. Era una ragazza... spericolata. Stavano facendo l'Alta Via Ligure in calzoncini e maglietta, quando ci siamo incontrati. Lì è un posto di crinali ripidi che bloccano i nembi: tranne che in piena estate, le pendici sono quasi sempre coperte di nuvole, spazzate da un vento fortissimo... Volevano salire sul Reixa, la cima più alta nel territorio del Comune di Genova. Le abbiamo dissuase, non erano coperte abbastanza e non avevano le scarpe adatte. Paola non voleva saperne, ma Sara si è fidata di me. Le ho lasciato il mio numero di telefono. Non mi ha chiamato per un mese, pensavo che non l'avrei mai più rivista, invece una sera mi ha telefonato. Ci siamo dati appuntamento a metà strada tra Genova e Viareggio, a Moneglia.

Le ho proposto un'escursione divertente: salire sulla mezzacosta del monte di Moneglia e poi scendere a Cala Valletta, una spiaggia selvaggia che si raggiunge solo via roccia. Siamo arrivati in stazione contemporaneamente, col treno regionale, lei da Genova e io da Viareggio. È stato un incontro strano: ci siamo visti e fatti "ciao" da lontano, poi abbiamo imboccato il sentiero per Cala Valletta senza dirci una parola. Ho sempre sentito una grande familiarità con lei, da quando l'ho rivista. Mi piaceva, ma soprattutto mi faceva tenerezza. Era così piccola, così ragazzina. Mi veniva da proteggerla. Io... sai... da giovane ci ho dato dentro... diciamo che mi sono tolto la voglia. Lei era un tipo completamente diverso da quelle con cui ero stato fino ad allora. Siamo diventati amici, prima di stare insieme.

Era un sabato di maggio, quando siamo andati a Cala Valletta, faceva fresco e lei ancora una volta era arrivata troppo poco coperta, con delle scarpe inadatte e uno zainetto di quelli da scuola con dentro solo l'acqua, una giacca a vento leggera e il costume da bagno» dice Alex con uno sguardo intenerito dal ricordo di Sara.

Parlando, mangia di gusto, sembra che le nuvole che gli erano comparse sulla faccia ascoltando il mio racconto, ora siano scomparse. Alla fine del pranzo inzuppa persino i torcetti nel vino dolce, mentre io riesco a mandare giù solo la cicoria e metà del coniglio. Sto pensando che non siamo mai stati in montagna, con Sara. Non mi ha mai neanche detto che le piaceva, o che era capace di arrampicare. Ad Anghiari ogni tanto andavamo a fare qualche passeggiata e ad Amrum abbiamo macinato chilometri in bicicletta, ma non ho mai saputo di questa sua passione per l'alpinismo e la montagna.

«Ma come stava?» chiedo ad Alex, che intanto domanda al rugbista due caffè e comincia a guardare l'orologio. Non mi ha ancora detto niente di significativo. Non vorrà mica andarsene di già?

«Stava... così così. Era un po' persa. La sua amica Paola non aveva bei giri, frequentava dei mezzi balordi e credo si facesse di qualcosa, ma Sara non mi ha mai accennato nulla. Non andava d'accordo con sua madre, ma non era capace di tenersi un lavoro abbastanza a lungo per potersene andare da casa. Aveva fatto due anni di università, a Firenze, ma aveva lasciato. Passava molto tempo da sola, o con Paola. Dopo poche settimane che stavamo insieme le ho trovato un lavoro al rifugio Apuane, lo conosci?»

Non credo di essere mai stato in un rifugio in vita mia, ma mi limito a rispondere di no.

«È un rifugio del Cai, a Mosceta, molto famoso. È in un punto strategico per escursionisti e speleologi, per chi vuole visitare le cave di marmo e le trincee della Linea Gotica, o Col di Favilla, che è un borgo abbandonato. Ma anche per semplici gite negli alpeggi, o tra i boschi. C'è parecchio movimento all'Apuane, anche se si lavora soprattutto il sabato e la domenica, e nelle feste. Sara ha iniziato in cucina, ma dopo tre mesi già gestiva i campi estivi coi ragazzi, i fine settimana di raccolta castagne e quelli per funghi, le feste di Natale, il Capodanno nel bosco di faggi... Era bravissima, soprattutto coi bambini. E sembrava che la montagna fosse il suo elemento. Per un periodo, dopo il praticantato, sono stato su anch'io, con lei, per quasi un anno...»

Non posso credere che Sara non mi abbia mai detto nulla di un'esperienza del genere. Tre anni in montagna, con un uomo che io avevo conosciuto da ragazzo, e nemmeno una parola...

«Non ne sapevo niente.»

«Non mi stupisce. Non raccontava quasi niente neanche a me. Solo una volta, quando ci eravamo già lasciati, mi disse di te, che ti voleva cercare.»

«E dei genitori cosa diceva?»

«Poco. Che con sua madre non si capivano. Mi parlò di una nonna a cui voleva bene, forse era pugliese...»

«La nonna Ilaria!», sobbalzo.

«Ecco, sì, l'hai conosciuta?»

«No, so che è morta... Perché vi siete lasciati con Sara?»

Alex tace un'infinità di tempo, prima di rispondere. Mi guarda, poi si guarda l'orologio, una scarpa, stringe il pugno destro e lo riapre. Sembra a disagio. Forse è stato tradito, oppure l'ha tradita malamente lui.

All'improvviso dice: «È stata lei. È successo dopo l'incidente. Credo che abbia voluto tagliare i ponti con la montagna e tutto quello che gliela ricordava». Adesso parla più lentamente, in tono più basso. Sta piegando e ripiegando il tovagliolo.

«Non ne so niente, Alex, mi puoi dire cos'è successo?» Lo guardo negli occhi. Vedo che sta decidendo cosa fare, se dirmi o non dirmi una cosa, una cosa che non è sicuro che Sara vorrebbe io sapessi.

«Alex, siamo sposati da più di tredici anni, abbiamo tre figli. Ed è sparita da quattro mesi. Ho bisogno di sapere più cose possibili di lei, anche del suo passato, se voglio ritrovarla, o almeno provarci» gli dico.

Fa un gesto con la mano come per scacciare una mosca. Guarda ancora l'orologio. Beve un sorso d'acqua e mi dice: «È successo a Natale. C'erano tre famiglie al rifugio, coi bambini, un gruppo di quasi venti persone di Pisa. Ma non è stata colpa sua. Assolutamente».

Comincio a provare una sensazione di pericolo. Stavolta non cercherò di non sapere.

«Il programma prevedeva che il ventiquattro, la vigilia, si visitasse il presepe vivente di Pruno e poi si tornasse di notte al rifugio attraverso il bosco. Era il secondo anno che lo facevamo, è una bella passeggiata notturna, suggestiva e tranquilla, l'anno prima c'era la luna, ma quella notte nevicava. I pisani avevano voluto andare ugualmente, con le pelli di foca. Sara camminava coi bambini, erano otto, tra i sette e i tredici anni. C'ero anch'io, davanti, con gli adulti, mentre il figlio del gestore era dietro a tutti e chiudeva la fila. Se qualcuno dovesse sentirsi più in colpa degli altri, sarebbe lui.» Alex si interrompe e si guarda i palmi delle mani, poi guarda me negli occhi.

«Me lo puoi dire, Alex. Che incidente c'è stato?» Mi trema lo stomaco.

«Siamo rientrati al rifugio quasi all'una. Eravamo allegri, gli ospiti erano eccitati per il freddo secco e frizzante, il Natale, la passeggiata nella notte. I bambini erano su di giri e anche i grandi scherzavano. Una delle madri faceva la scema con il marito di un'altra. L'avevo notato solo io, mi è rimasto l'occhio per queste cose dai tempi della spiaggia», e qui Alex fa un sorriso che per un istante alleggerisce la tensione. Poi riprende: «Il gestore stava versando una grappa della buonanotte quando una delle donne si è messa a chiamare "Chiara, Chiaraaa?". Mancava una bambina di otto anni.

Siamo tornati indietro tutti a cercarla, mentre il gestore dava l'allarme al soccorso alpino e chiamava il gatto delle nevi. Quella notte non l'abbiamo trovata, e neanche la notte dopo. Abbiamo passato un Natale folle, un incubo. La madre della bambina – moglie dell'uomo con cui faceva la scema l'altra madre – era letteralmente divorata dall'angoscia, hanno dovuto sedarla perché si è sentita male, Sara era annichilita come se la bambina fosse figlia sua. Il ventisei le famiglie sono rientrate a Pisa ma Sara e io abbiamo continuato a seguire le ricerche, giorno e notte. Sara non dormiva mai, avevo paura che stesse male, non dormiva e non mangiava.

L'hanno trovata dopo una settimana, il trentun dicembre, l'ultimo giorno dell'anno. Era in un crepaccio, coperta di neve. Una bambina bellissima, con le lentiggini, come Sara. Si era rotta una gamba. È morta di freddo. È incredibile che non abbia urlato, o che non l'abbiamo sentita urlare.»

Alex ha cambiato faccia, sembra ingrigito e spento. Lo capisco. Questo non è un orrore che si possa dimenticare.

«Vi hanno denunciato?» chiedo.

«No, esiste uno scarico di responsabilità per questo genere di cose. Il gestore del rifugio si è sentito di dare una somma, ma so che l'hanno subito girata in beneficenza all'ospedale Gaslini, quello dei bambini. Non ho più saputo niente di quella famiglia. Sara era molto provata. Mi ha detto subito che sarebbe partita, che voleva tornare a Genova. Non sono riuscito a convincerla a venire a Viareggio con me e non me la sono sentita di insistere. Capivo che aveva bisogno di allontanarsi dalla montagna, e anche da me, che l'avevo inserita in quel mondo. Quando è partita non sapevo cosa fare: non volevo chiamarla a casa perché non sapevo se fosse tornata dai suoi e non avevo il numero di Paola. Per fortuna, dopo una settimana mi ha telefonato lei. Mi ha detto che sua zia le avrebbe trovato un lavoro, che aveva bisogno di cambiare aria, che non poteva pensare di rivedere mai più una montagna in vita sua. Che le dispiaceva, ma non poteva rivedere neanche me. Io, ti dico la verità, Arno, l'ho capita. Ci siamo telefonati ancora qualche volta: fingeva di reagire, di essere interessata al suo nuovo lavoro, ma capivo benissimo che non stava bene. Peggio di quando l'avevo incontrata con Paola all'Argentea, la prima volta. Allora era solo sperduta, adesso era proprio disperata.

Poi, non ha più chiamato. Deve avere cambiato numero, perché non l'ho più trovata nemmeno io. Intanto mi ero fidanzato con Mafalda, la mia compagna. Ci siamo incontrati in tribunale, fa l'avvocato come me. Anch'io, dopo quel Natale, non ho più voluto che ci fosse solo la montagna, nella mia vita. Anzi, Arno, mi devi perdonare ma adesso me ne devo proprio andare, ho un cliente che mi sta aspettando...»

«Dimmi solo un'ultima cosa: in che anno avete smesso di sentirvi?»

«Mi sembra fosse il Novantotto.»

L'anno che ci siamo ritrovati.

«Ti ricordi come si chiamava di cognome la bambina morta?» chiedo. Mi è venuta un'idea. Se Sara avesse deciso di cercare i genitori? L'ho pensato all'improvviso.

«Si chiamava Consani. Chiara Consani.»

«E i genitori, di nome?»

«Non lo so, ma mi ricordo che la sorella più grande si chiamava Lucetta. Avrà avuto quattordici anni, più o meno.»

Ci alziamo contemporaneamente e ci stringiamo la mano. Alex chiude la valigetta, l'appoggia sul tavolo, poi mi viene vicino e mi abbraccia, e io ricambio la stretta. Rimaniamo abbracciati qualche secondo. Credo sia la prima volta in vita mia che abbraccio un uomo conosciuto da due ore: è vero che ci siamo incontrati da ragazzi, ma questo Alex non ha niente in comune con quel ragazzino imbecille del Bagno Vela, come lo chiamava Sara.

Mentre Alex se ne va, chiedo al rugbista il numero del radiotaxi. Mi risponde: «Te lo chiamo io?».

Sì, grazie, amico.

Devo tornare subito a Milano. Ho bisogno di abbracciare i miei figli, adesso. Al più presto. Carlo. Elia. Maria.

Povera, povera Sara.

20

Devo parlare con Massimo, dove sarà a quest'ora? Sono le quattro e tre minuti, ho preso il primo Frecciarossa che ho trovato. Stavolta ho beccato il tassista che ascolta Radio Roma, ma sono così scosso dal racconto di Alex che non l'ho nemmeno guardato in faccia.

Massimo risponde al primo squillo.

«Ti disturbo?» chiedo. «Dove sei?»

«A scuola, ma esco un momento, dimmi.» Massimo c'è sempre quando hai bisogno di lui.

Abbasso la voce e mi copro la bocca con la mano, anche se il vagone a quest'ora è semivuoto e i pochi presenti, tutti uomini, stanno parlando al telefono, come me. Si sente male, lui ha gli alunni che lo aspettano, devo essere conciso.

«Sto tornando da Roma. Ho parlato con un fidanzato di Sara di quando aveva vent'anni, mi ha raccontato una storia terribile.»

«Raccontamela» fa lui.

«Sara lavorava in un rifugio sulle Apuane. La notte di Natale ha accompagnato tre famiglie di turisti in una passeggiata. Camminava coi bambini. Nevicava, era buio, e quando sono tornati si sono accorti che una bambina di otto anni era scomparsa. L'hanno ritrovata dopo una settimana in un crepaccio, morta. Sara era sconvolta. Ha lasciato il lavoro e il fidanzato. È venuta a Milano. Io l'ho incontrata poco tempo dopo. Non mi aveva mai detto niente di questa storia, mai.»

Massimo non parla. Non c'è niente da dire. Dopo cinque secondi di silenzio: «Vengo a Milano?».

«Non so, io... forse devo andare via coi ragazzi. Ti richiamo.»

«Va bene» risponde. Sto chiudendo la comunicazione quando lo sento dire: «Mi dispiace».

Non capisco se si riferisce a Sara o alla bambina morta. Chiara.

Prendo dall'impermeabile il tascabile su Campana. Mi sembra di averlo letto in un'altra vita, invece che poche ore fa. Altro che mamma cattiva, a Sara è capitato di peggio. Rileggo l'ultima frase del libro: "Le vite degli uomini, quando incominciano storte, nemmeno Dio le raddrizza".

Povera Sara.

Penso al suo divanoletto dentro al casermone scrostato, quando dormiva con la tramontana che urlava contro i vetri, alla sua passione per il disegno ignorata, allo sguardo freddo di sua madre, alla bambina nel crepaccio, al sangue sulle lenzuola la notte della *Tosca*, quando abbiamo perso Chiara. L'altra Chiara.

Non ho mai saputo starle vicino. Non l'ho mai capita davvero.

Ho sempre creduto che tutto dipenda da noi – quello che proviamo, quello che ci succede. Ho sempre pensato che si potesse deciderlo, di stare bene o male, di essere contenti o scontenti, felici o infelici, di non farsi scalfire dal male, come ha scelto di fare Klara, come fa Guelfo. I miei genitori si sono sempre impegnati per essere felici. Nel loro modo balordo, mi hanno insegnato che questo è ciò che conta: stare bene, volersi bene, far quel che si vuole. Che il resto viene dopo.

«Chi è felice ha ragione» dice Guelfo, citando Tolstoj. E io mi sono sempre protetto, arrangiato, ho deciso di volermi bene e stare bene, anche quando voleva dire chiudere gli occhi, schivare un problema, evitare un dubbio o un dolore. Ma non siamo tutti uguali. Non tutti sono capaci di agire così, se non glielo insegni da piccoli. E forse non è neanche del tutto giusto.

Non ci avevo mai riflettuto, fino a ora: non è vero che abbiamo tutti le stesse carte in mano.

Non ho mai accettato le bugie di Sara perché non avevo capito il dolore che esprimevano, per me erano sbagliate e basta. Pensavo che esistessero solo le cose giuste e quelle sbagliate, invece c'è dell'altro.

Il dolore è insensato. Come l'amore.

21

Su questo treno manca l'aria, ma siamo già a Bologna, ancora un'ora e sono dai ragazzi. Ho sentito Maria al telefono, mi ha detto che stava facendo una ricerca di storia dell'arte su Amburgo: va fiera della sua ascendenza tedesca. Parla bene tedesco, come Carlo, mentre Elia lo capisce ma lo parla poco. In ogni caso è tutto merito di Sara che li ha fatti studiare giocando, perché io mi rifiuto di parlare tedesco in casa, persino con Klara. Non lo so perché.

Uso l'ultima pagina bianca del libro su Campana per scriverci la lista delle persone che voglio cercare:

Paola, amica Sara, 44 anni. Il padre lavorava al porto antico di Genova. Chiedere a Rino se conosce qualcuno a cui domandarne (l'amico Bepi?).

Lucetta Consani, 30 anni. Rimasta a Pisa?

Marta Bonfanti, sorella di Mina, Firenze. Perché Sara ha chiuso con lei?

Amir, forse ragazzo algerino di Sara. Starà ancora a Genova?

E poi:

Parlare con Klara.

Possibile che mia madre non sappia niente? Klara è abbastanza matta da sapere qualcosa su Sara e non avermelo detto perché non gliel'ho mai domandato.

La verità è che fino a ora non ho chiesto di lei a nessuno, non ne ho parlato con nessuno. Per orgoglio, perché ero offeso, irritato da un gesto che mi sembrava una follia, la follia improvvisa di Sara. Ma adesso che ho cominciato a cercarla, non mi fermo. Inizierò dalle cose facili, come mio solito, direbbe lei. Porterò i ragazzi ad Anghiari e parlerò con Klara. Da lì potrei andare a Firenze a incontrare sua zia Marta: il numero me lo faccio dare subito da Rino. E gli chiedo anche del Bepi, per cercare Paola, e di Amir.

Ho bevuto il prosecco caldo e divorato i taralli che mi hanno offerto in treno, e ho ancora fame. A pranzo ho mangiato poco ma ora mi sto rilassando: l'idea di mettermi seriamente a caccia di notizie su Sara mi fa stare meglio, mi ha tolto la rabbia e riempito il vuoto acido che sentivo dentro. A casa troverò Alice e potrei chiedere a lei se mi cerca una Lucetta Consani su Facebook: non voglio coinvolgere Maria e io non saprei come muovermi.

Sì, farò così. Magari da Firenze faccio un salto anche a Pisa. Mi servono almeno tre giorni, tra Anghiari, Firenze e Pisa, ma i ragazzi possono stare ad Anghiari fino a lunedì. Come direbbe Klara, non è mai morto nessuno per aver perso un giorno di scuola.

Chiamo Rino, sono quasi le sette di sera, a quest'ora starà per mettersi a tavola, davanti al Tg3. Sembra sorpreso di sentirmi ma mi dà il numero di sua cognata Marta, a Firenze, senza fare commenti. Dice solo: «È dal funerale di Mina che non li sento». Gli chiedo se sa come ritrovare Amir, risponde che non ne ha idea. «Ma chiedo al bar degli algerini.» Quanto a Paola, la ragazza in Vespa della foto, dice che lui non l'ha mai più vista. Che strano. Gli dico che suo padre lavorava al porto antico, ed è lui a proporre: «Allora chiedo al Bepi. Se è figlia di uno del porto, Bepi la trova».

Ora sembra contento e desideroso di dare una mano, ma non mi chiede niente. È una persona speciale, un vero amico ormai. Decido di risparmiargli la storia della bambina morta nel crepaccio:

soffre sicuramente già abbastanza per Sara, anche se fa di tutto per non dimostrarlo. Lo saluto, il treno sta entrando nella galleria della stazione e sento partire la sigla del Tg3.

Compongo il numero di Firenze e intanto mi avvicino alla porta del vagone per scendere. Non voglio più perdere tempo. Dopo quattro squilli risponde una voce femminile, una bella voce calda e profonda che dice: «Marta Bonfanti». Ricordo una trentenne bionda e abbronzata che beveva vino bianco davanti al tramonto, trent'anni fa. Dico tutto d'un fiato: «Buonasera io sono Arno il marito di sua nipote Sara come sta? Avrei bisogno di parlarle, posso venire a trovarla a Firenze?».

Dopo una pausa di due secondi la voce risponde: «Preferirei di no», e lei riattacca.

Quando sono arrivato a casa, Alice stava finendo di preparare il cuscus con Maria e abbiamo cenato tutti insieme. Il cuscus era molliccio e insipido, ma i ragazzi l'hanno mangiato a grandi cucchiaiate, innaffiandolo di olio e sale. Dopo cena, mentre Maria guardava la tv e i ragazzi attaccavano le figurine all'album, ho chiesto ad Alice se riusciva a trovarmi in rete il telefono o la mail di una Lucetta Consani di Pisa.

«Dovrebbe avere più o meno trent'anni» le ho detto. Non mi ha chiesto niente: si è sfilata il giaccone che stava mettendo, ha preso il telefono dalla tasca dei jeans e ha detto: «Guardo subito».

Dopo cinque secondi ha scosso la testa: «Non c'è», e mi ha fissato col suo sguardo azzurro e angelico. «Né su Facebook né su Google. Potrebbe avere un nickname?»

«Non ne ho idea» ho risposto, «ma ci penso. Intanto ti ringrazio.»

«Grazie a lei», ha sorriso. «Il cuscus faceva schifo, mi sono dimenticata il sale, ma nessuno me lo ha detto. Siete troppo carini, voi Cange.»

Noi Cange carini? Non so. Io sono un Cange molto stanco. Marta Bonfanti non vuole vedermi e Lucetta Consani non si trova: la mia ricerca parte male.

Alice allaccia i bottoni della giacca verde e se ne va. «Farò altre ricerche, stia tranquillo. Ci vediamo venerdì.»

Chiudo la porta di casa alle sue spalle e la sento scendere le scale saltellando. Che ragazzina allegra. Alla sua età Sara, a sentire Rino, spariva per giorni o rimaneva muta sul divano senza fare niente.

Lo squillo del telefono di casa interrompe i miei pensieri su Sara ventenne. Al numero fisso ci chiamano soltanto Rino e Klara. Infatti è lui, che dice esultante: «L'ho trovata! Paola, la ragazza della Vespa, la sua amica. Ho chiesto al Bepi, conosceva il padre, si chiama Vinicio. Gli ho parlato e mi ha dato la sua mail. Ma... Arno... ascolta...».

«Cosa, Rino?»

«È una suora.»

«Come, una suora?»

«Una suora, si è fatta suora. Da un sacco di tempo. Segnati la mail: S come Savona, R come Roma, Paola come Paola, chiocciola, quella tonda del computer, interplanet.it. I come Italia, N come Napoli...» Lo interrompo: «Lo so, lo so, Rino, come si scrive "interplanet.it". Ma... "sr" sta per suora? Una suora con la mail?»

«Eh, gliel'ho detto anch'io a suo padre e ha detto che sì, oggi usa così. Sta in un convento vicino a Trento, lavora in una scuola, o in un asilo, non ho capito... Tu intanto prova a scriverle, mi ha detto il padre che la sente ogni sabato e l'avverte che la stai cercando.»

«Bravissimo Rino, grazie mille. Ti tengo al corrente. Buonanotte, ciao.»

«Una suora...» lo sento dire. E poi: «*Prima de moî bezeugna veddine de belle...*».

Prima di morire bisogna vederne delle belle, sì.

22

Corrispondenza tra Arno e suor Paola

Gentile suor Paola,

le confesso che non so da che parte iniziare a scrivere a una suora, io non sono neanche stato battezzato. Quindi scriverò come mi viene e mi scusi da ora se sbaglio qualcosa nel modo di rivolgermi a lei. Mi chiamo Arno Cange e sono il marito, da tredici anni, di una sua vecchia amica di Genova: Sara Ferrando. Abbiamo tre figli di dodici, dieci e otto anni. Lo so che è molto strano ma non so come spiegarlo altrimenti, quindi mi limito a raccontarglielo – se lei è stata amica di Sara, forse non lo troverà incredibile come pare a me anche solo a scriverlo –: Sara se n'è andata da casa quattro mesi fa, quattro giorni prima di Natale, lasciando un biglietto in cui diceva che aveva bisogno di allontanarsi da noi. Da allora ci ha mandato solo poche e brevi mail, e in nessuna dice dove si trova, cosa fa e quando pensa di tornare. Come può immaginare, tutto ciò mi ha sconvolto e sono stato a lungo arrabbiato con Sara, anche se i nostri figli sembrano miracolosamente sereni. Si può dire "miracolosamente" a una suora?

Comunque, mi sono da poco reso conto che ci sono cose di Sara che non ho mai capito, e che, se voglio ritrovarla, bisogna che io scopra aspetti della sua vita che non ho mai tenuto a conoscere.

Ho trovato una fotografia di voi da ragazze (siete insieme su una Vespa) e ho conosciuto Alex, l'ex ragazzo di Sara. Alex mi ha raccontato che per alcuni anni siete state grandi amiche e forse avete condiviso esperienze difficili, anche se non ho capito quali siano state. Ora vorrei chiederle se può dirmi qualcosa della vostra amicizia, di com'era Sara da ragazza, e se sa dove sia ora. Tutto mi serve, per ritrovarla. Anche quel che a lei può sembrare inutile o insignificante.

La saluto e spero che potrà rispondermi.

Grazie,

Arno

Caro Arno,

grazie della sua mail. Credo che chiedere così sinceramente e direttamente quel che ci sta a cuore dica non solo coraggio, ma anche generosità; consegnare agli altri, per quanto sconosciuti, le cose più care è dare la vita.

Su alcune idee siamo piuttosto distanti. Mi piace però il suo stile forte, sincero e che dice "relazione". Le auguro di cuore di continuare ad andare fino in fondo nella sua ricerca della Verità, è bello pensare che così renderà felice il Signore, anche se non dovesse sempre riconoscerlo presente.

Quel che mi scrive mi addolora: immagino che la vostra famiglia starà soffrendo e il mio cuore è coi suoi figli e con lei. Purtroppo non posso raccontarle nulla di Sara, e non so dove sia andata. Spero che potrà capirmi.

Chiedo a Dio di benedirla, assieme alla sua famiglia,

sr Paola

Carissima sr Paola,

non mi lasci così. Intuisco, anche se non li capisco, i motivi per cui non può raccontarmi il passato di Sara, però perché non parla lo stesso con me? Le andrebbe di scrivermi e di dirmi qualcosa di lei, di darci del tu, di lasciarmi avvicinare una persona che, anche se trasformata, è stata vicino a Sara in un periodo che credo sia all'origine della sua sparizione?

Non so spiegarle perché, ma mi sento come se fossi nato di nuovo da quando ho cominciato a cercare Sara. Per questo motivo mi riesce più difficile parlare di lei con le persone che mi hanno conosciuto, che ci hanno conosciuto insieme.

Le dirò di me: sono un professore d'orchestra, suono il violoncello alla Scala, un lavoro che ho amato moltissimo anche se, da quando Sara è sparita, lo sto mettendo in dubbio: è stato lui a farmi trascurare gli altri, compresa mia moglie? Un sacco di persone riderebbero se glielo raccontassi, ma da un po' di tempo mi sento inutile.

Le sue parole e la sua "professione" mi hanno colpito. Per lei sarà diverso, immagino... Mi racconta, anzi, mi racconti com'è la tua vita, cosa fai, cosa ti rende così serena?

Un abbraccio,

Arno

Eccomi qui, Arno.

Mi sarà un po' difficile, ma ti ringrazio per il tuo invito a scriverci ancora e per il "tu" che mi offri e mi chiedi. Devo dire che il nostro scambio di mail mi ha coinvolto molto, tra sorrisi e imbarazzi.

Ho parlato di queste mail con la mia superiora e abbiamo la sua "benedizione" per continuare a corrispondere.

Mi chiedi cosa faccio qui. Sono arrivata tredici anni fa, appena fatta professione temporanea, cioè appena diventata suora. Nella mia comunità ci sono altre dodici sorelle. Sono maestra di scuola (un bellissimo servizio!) e ho diverse attività in parrocchia con i ragazzi e i giovani, oltre che in istituto e diocesi. Le mie giornate sono piuttosto piene e ho la possibilità di fare molti incontri; ho la fortuna di avere alcune amicizie importanti e care. Questo io credo sia dono di Dio e della sua presenza in mezzo a noi.

È abbastanza facile per me sentirmi utile, però mi rendo conto che sentirsi tali non significa sempre esserlo davvero. Posso fare mille cose e non aiutare nessuno, nemmeno me stessa, a crescere in umanità. Immagino sia più difficile per te sentirti utile, però lo sei. Chissà se avresti immaginato di essere utile a me, una sconosciuta, una suora. Eppure è così: la tua mail mi ha rivelato Amore e te ne sono grata. Poi c'è il tuo lavoro, la tua musica raggiunge molte persone e sicuramente è utile a tanti per avvicinarsi a Dio. E i tuoi figli: se sono sereni come dici, il merito non può essere solo di Sara.

Ho preso sul serio il tuo abbraccio e lo tengo caro. Nel ricambiarlo di cuore, porto te e la tua cara famiglia davanti a Dio, Padre di tutti, e a Gesù, nostro fratello Redentore.

Paola

Cara Paola,

non avrei mai immaginato che sarebbe stata una suora a darmi un po' di serenità in questo periodo confuso. Che dire? Grazie, scrivimi ancora se puoi.

Arno

Ciao Arno,

ti ho ricordato anche ieri nella veglia di preghiera notturna, e non solo. Ho avuto la grazia di vivere due giorni di fraternità e formazione, in montagna.

Vi porto davanti al Signore. È Lui la fonte dell'Amore e io vi porto là. Io ne sono indegna, ma lui non manca di essere Sorgente.

Paola

Cara Paola,

non posso nasconderti che non riesco a trovare nessun altro che mi parli del periodo che non conosco della vita di Sara, anni che, sono certo, lei avrebbe voluto condividere con me se io non fossi stato così ostinato e cieco nell'ignorare i segnali del suo dolore. Perché non puoi farlo? Per te o per Sara?

Arno

Caro Arno,

più il cuore si dilata nel mistero dell'Amore e più c'è spazio: spazio di accoglienza degli altri e anche di accoglienza del dolore. Più c'è dolore, accolto, ascoltato, combattuto, e più si dilata il cuore per accogliere l'Amore e farne poi dono. Noi donne, con il nostro spazio fisico interno, lo sappiamo meglio, e probabilmente soffriamo di più.

L'altra sera, all'uscita da scuola, c'erano dei giovani delle comunità per tossicodipendenti che chiedevano firme di solidarietà. Ho detto che non potevo dare soldi, ma mi hanno chiesto di firmare lo stesso e, nello spazio dedicato alla somma donata, ho chiesto se potevo mettere "un bacio", sorprendendo me stessa. L'ho dato e me ne sono andata piangendo, nascosta dal buio e dall'ombrello, sotto la pioggia. Godo di un bene che ad altri è costato molto. Da ragazza ho conosciuto la droga, e l'ho fatta conoscere ad altri, anche a Sara, ma lei è riuscita ad allontanarsene subito. È stato molto difficile per me superare il dolore di aver procurato dolore, ma Dio mi ha fatto questa grazia.

"Tutto concorre al bene di coloro che amano Dio" diceva ieri san Paolo. E oggi dice: "Chi ci separerà dall'amore di Dio in Cristo Gesù? Niente e nessuno potrà mai farlo". E quello spazio di solitudine dentro il nostro cuore, così doloroso, fonte anche per me di paura a volte, ma allo stesso tempo denso di una misteriosa dolcezza, è segno che siamo fatti per un "di più", che neppure grandi e santi amori possono saziare. È lo spazio di Dio.

Anche se sapessi dov'è Sara non potrei dirtelo, perché la Sara che io ho conosciuto sicuramente non c'è più, così come la Paola che lei conosceva si è trasformata per amore di Dio. Posso dirti una cosa però, Arno, visto che ormai siamo amici: di certo l'anima bella di Sara starà cercando Amore, e l'Amore starà cercando la sua anima. In questo la mia fragile amica, oggi tua sposa, non potrà mai cambiare.

Continuo ad affidarti al Signore e ti mando un abbraccio,

sr Paola

23

«Sara forse si drogava, da ragazza» dico a Guelfo.

Siamo sul sentiero dietro casa, ad Anghiari, diretti al laghetto. Quante volte ho percorso questa strada tra gli ulivi e i vitigni: in triciclo, in bicicletta con le ruote dietro, poi senza, in motorino, a piedi, in auto. Con Guido, Klara, Guelfo, con i miei compagni di Anghiari, ma soprattutto da solo. Dopo cento metri il sentiero si biforca: da una parte va verso il bosco e il laghetto, dall'altra in direzione della Statale per Arezzo. Questa straducola ghiaiosa fa talmente parte di me che non ci ho mai fatto caso, come alla cicatrice sulla tempia, ricordo di un'altalena di ferro che Guido mi scaraventò in testa a tre anni. Mi appartiene così tanto da non suscitarmi emozioni, anche se l'ultima volta che sono passato di qui c'era Sara, accanto a me. Lei è scomparsa, ma questo sentiero è rimasto qui, uguale.

I ragazzi sono andati a dar da mangiare ai conigli con Klara, Maria è dalla figlia dei nostri vicini contadini, la sua amica di sempre. Terry è diventata altissima, porta il reggiseno imbottito, si trucca. Maria è venti centimetri più piccola di lei, eppure hanno la stessa età, dodici anni. Non posso scandalizzarmi per il reggiseno imbottito di Terry, se penso che Sara aveva pochi mesi più di lei quando mi ha baciato.

È stato Guelfo a propormi una passeggiata, e mi ha stupito: saranno vent'anni che non usciamo insieme. Di solito, quando vengo ad Anghiari, lui passa il tempo in poltrona a leggere i giornali – è abbonato a cinque quotidiani –, al massimo si porta i ragazzi nell'orto o nel pollaio. I nostri rapporti consistono in lunghe discussioni di politica a tavola, per il resto non facciamo niente insieme, e non parliamo mai di cose personali. Per questo mi stupisce ancor di più aver detto proprio a lui quello che ho scoperto grazie allo scambio di mail con quell'osso duro di suor Paola, ma mi è uscito dalla bocca senza volerlo appena abbiamo iniziato a camminare.

Sento che qualcosa sta cambiando, dentro di me, da quando ho deciso di cercare Sara: non mi sarei mai confidato con Guelfo, fino a poco tempo fa, anzi, mio padre è l'ultima persona con cui avrei parlato di lei. Invece, mentre passeggiamo tra i faggi, col vecchio Mao che ci segue ansimando, vuoto il sacco. Mao è uno spinone grigio di quindici anni: Guelfo gli tira un bastone e quando si piega vedo che anche lui si è appesantito, ma non più di me.

Mi somiglia molto, o meglio, sono io che somiglio a lui, ovviamente. Pettinatura a parte: Guelfo ha quasi settant'anni ma tiene ancora i capelli legati in una lunghissima coda di cavallo. Ne ha un sacco di capelli, tutti bianchi, mentre a me stanno cominciando a cadere. Sara diceva che è colpa di Milano.

È primavera inoltrata, attorno ai fossi sono cresciuti ciuffi di margheritone gialle e di fiori viola che vedo da sempre e dei quali non ho mai saputo il nome. L'erba dei pascoli è verde: tra poco sarà estate. Un'estate senza Sara.

«Tutti si drogavano, da ragazzi» è la risposta indifferente di Guelfo. Da un lato il suo modo di fare mi irrita, dall'altro mi rassicura: Guelfo non prende niente sul serio, riesce a sdrammatizzare qualunque cosa. È colpa sua se sono sempre rifuggito dal dolore, se sono diventato superficiale, impermeabile... o non so più cosa sono diventato.

«Voi fumavate hashish, le droghe che giravano quando era ragazza Sara erano ben peggiori» rispondo. «E io non mi sono mai drogato, a dirla tutta.»

Si ferma in mezzo al vialetto e la ghiaia smette di scricchiolare sotto i nostri scarponi. Mi guarda con aria divertita.

«Tu sei mio figlio. Comunque ogni periodo ha le sue droghe, provarle e abbandonarle non è un dramma, da ragazzi capita. Basta non crogiolarsi poi tutta la vita nei sensi di colpa o nei ricordi, o non aver la sfiga di rimanerci secchi» dice.

«E tu cosa ne sai dei sensi di colpa che avrebbe o non avrebbe Sara?» rispondo. Mi irrita la sua sicurezza, sta' a vedere che pensa di conoscere mia moglie meglio di me.

Si sono sempre piaciuti loro due: è per lei che Guelfo apriva le migliori bottiglie, a Natale, ma al di là del vino rosso non ricordo che abbiano condiviso granché.

«I suoi problemi giovanili lei li ha superati. È il rapporto con te che deve chiarire, adesso» bofonchia mio padre, camminando veloce.

Questa poi. Mio padre Guelfo, il grande assente, il fricchettone, l'economista pazzo, è diventato psicologo e sa perché mia moglie se n'è andata. Sembra che legga i miei pensieri, perché si volta a sorridermi e mi provoca: «Vaffanculo a te».

Poi rilancia il bastone a Mao e riprende a camminare veloce. Lo seguo. Mi fa incazzare ma non riesco a non trovarlo formidabile. Guelfo vive nel suo mondo eppure riesce sempre a capire quel che conta, se vuole.

La cosa che ha appena detto su Sara io la sto faticosamente capendo in questi mesi: il suo problema non è tanto il passato, ma il fatto che io non abbia voluto o saputo condividerlo. Che non l'abbia capita. Come se non l'avessi mai amata abbastanza.

Prendo Guelfo per una manica della giacca di cotone verde e gli do uno strattone: «Sai dov'è?».

Si gira e mi dice: «Dovrei pensarci. Ma non sono sicuro che sia il caso che tu lo sappia».

Mi arrendo, oppure lo meno. «Andiamo a sederci sul pontile?» propongo.

Quand'ero bambino lo facevamo. Sul laghetto, dove siamo appena arrivati, c'è un robusto pontile di legno da dove Guido e io buttavamo la lenza senza pescare mai nulla. Quando eravamo piccoli, qui sopra Guelfo faceva il buffone fingendo di far abboccare pescecani immaginari e una volta aveva indietreggiato fino a cadere in acqua, come un clown del circo. Guido e io ne abbiamo riso per anni.

Ci sediamo lasciando penzolare le gambe, mentre Mao trotterella avanti e indietro, fiutando le anatre. C'è un bel sole, mi tolgo la giacca e la piego per farmi un cuscino che metto sotto la testa, rimanendo in maglietta a maniche corte, sdraiato sul legno tiepido, mentre Guelfo non si toglie né la giacca di cotone né il cappello. È diventato un vero contadino, con due divise: una estiva di cotone verde da guardacaccia e una invernale di fustagno marrone.

Inizia a parlare lui. Come sempre, quando ne ha voglia, va subito al punto.

«Non credo che importi dove è andata. Potrebbe essere ad Amrum, in Sardegna, al mare, in montagna, ovunque: Sara può stare dappertutto. Tranne che a Milano. A lei importa soprattutto degli altri, guarda il mondo. Si è sacrificata troppo, io non trovo strano che abbia sentito il bisogno di andarsene. Hai notato che non lo trovano strano neanche i bambini? Come te lo spieghi?» dice, lanciando piccoli sassi nell'acqua.

Ha ragione anche su questo. Una delle cose incredibili di tutta questa storia è la serenità dei ragazzi. Come se pensassero che la madre ha fatto bene ad andarsene, come se non sentissero la sua mancanza. Eppure l'adorano, l'hanno sempre adorata. Che la sentano di nascosto? Sembrano sicuri che stia bene e che tornerà, molto più di me. Forse sono stati talmente tanto amati che nulla li può scalfire.

Persino Carlo, che ha solo otto anni, non sembra in difficoltà. Era quasi peggio quando c'era Sara, gli ultimi anni. Erano più agitati e capricciosi se lei era nervosa, o se litigavamo... Abbiamo litigato troppo, da un po' di tempo a questa parte. Non mancava mai un motivo per alzare la voce, per arrabbiarsi. Non sopportavo che mi interrompesse, se discutevamo, che fosse sempre scontenta: Maria diceva che mi venivano gli occhi fuori dalla testa.

Prima che sparisse è successo diverse volte che uscisse dalla stanza con le lacrime agli occhi, troncando un discorso a metà. Non le sono mai corso dietro. L'ho sempre reputata troppo intelligente per le sciocchezze che diceva ultimamente, non le avrei fatto l'affronto di trattarla come una scema qualunque, di consolarla se pensavo che sbagliasse. Ero offeso dal suo comportamento infantile, indegno di lei. Sembrava che non mi amasse più, o non abbastanza.

Sobbalzo al suono di due colpi di fucile, ma Guelfo non si muove. «È il Momi. Avrà visto una volpe che cercava di entrare nel pollaio.»

Quanti anni sono che Guelfo vive sepolto in campagna? Trenta? Quando ero bambino qualche volta viaggiava. È stato in Polonia, ai tempi di Solidarność, in Germania, invitato dalle università: Guelfo ha iniziato a occuparsi di ecologia e ambiente molto prima che fosse di moda.

Come erano giovani lui e Klara quando siamo nati. Mi chiedo come diavolo avranno fatto a sopravvivere, coi loro lavori balordi, la mancanza di regole, i casini con la politica. Eppure, hanno cresciuto due figli equilibrati. Guido è addirittura noioso, tanto è concreto, prudente. Io sono una persona con i piedi per terra. O forse lo ero, prima che sparisse Sara.

«Com'ero da bambino?» mi arrischio a chiedergli. La nostra non è una di quelle famiglie col culto dell'infanzia e del passato, non ci raccontiamo mai cosa facevamo, come eravamo, come ho sentito fare da tanti.

«Eri buonissimo» dice Guelfo, «quello tremendo era Guido, ti tormentava tutto il tempo, voleva tutte le tue cose, era prepotente. Tu sopportavi stoicamente, ma quando ti arrabbiavi facevi paura.»

«E cosa facevo prima di suonare il violoncello? Sai che non me lo ricordo?»

«Hai sempre ascoltato musica, fin da piccolissimo, con tua madre. Ascoltavate, cantavate. Eri molto... musicale, anche a un anno.

Guido invece viveva per i soldi. Metteva via le dieci lire, le cinquanta lire, era l'unico in famiglia ad aver accumulato un gruzzoletto e io certe volte mi facevo dare i soldi per le sigarette da lui.»

«Secondo te Klara sa dov'è Sara?» gli chiedo.

«Domandaglielo. Klara non sa mentire. È per questo che io non le chiedo mai niente» sogghigna.

Si sente un altro colpo di fucile, più vicino. Ecco un'altra delle cose che non mi sono mai piaciute di qui: il freddo d'inverno, il fatto che ero sempre quello più lontano di tutti da scuola e i colpi di fucile improvvisi.

«Come si fa a vivere come te, senza aver bisogno di nessuno?» gli chiedo.

«Si impara a fingere con se stessi» dice con un altro sogghigno.

«Io ho sempre pensato che la tua vocazione fosse quella di stare da solo, che stessi bene qui.»

«Non senza tua madre. Ma per tenerla con me, ho imparato a rinunciare a lei» dice, strizzandomi l'occhio.

Stavolta non sta ridendo veramente, fa solo finta, lo capisco persino io. Si allunga per lanciare un altro sasso nello stagno, che rimbalza tre volte. Era tanto che non lo sentivo così vicino: forse oggi è la prima volta che parliamo da quando sono adulto.

«Maaao! Brutto pezzo di merda, mollala!» Lo sento urlare improvvisamente mentre il cane schizza sul ponte con un'anatra in bocca.

Perché le anatre no e le volpi sì? Ho ancora molto lavoro da fare, per imparare a conoscere mio padre.

«Torniamo, che tua madre ha fatto i passatelli, l'unico primo piatto che sa cucinare bene» dice, dopo aver liberato l'anatra, che ora si allontana offesa sul lago, sbattendo le ali.

«Sei ancora innamorato di lei?» gli chiedo a bruciapelo.

«Sarei un coglione qualunque, senza di lei» borbotta.

«E come fai a sopportare che stia via sei mesi all'anno? Perché non vai con lei?»

«Klara ha bisogno di stare sola, ogni tanto. Sai dov'è cresciuta: quando uno passa l'infanzia in un posto del genere deve tornarci, le sono entrate nel sangue, quelle maree. Si deprimerebbe a star sempre qui tra i cinghiali, l'umidità, in mezzo a noi toscanacci...»

«Ma se ad Amrum si gela tutto l'anno!»

«Quello è freddo secco, Arno, non ti confondere. Dà energia. Tua madre deve mangiare il cavolo riccio, suonare il pianoforte a coda di sua nonna, parlare tedesco, bere quello schifo di liquore alle erbe, passeggiare con Sygunna...»

«Ma non sei geloso?»

«Moltissimo. Ma ho bisogno che Klara sia felice. Non per altruismo, perché sto bene solo se sta bene lei, non ho scelta. E poi mi sono organizzato, lo sai anche tu, sto una pacchia qui. Con Mao, i miei polli, il bosco, i giornali, il vino buono. Il Momi. I miei libri. Non mi è andata male, non farei cambio con nessuno dei miei amici dell'università. Dei sette inseparabili che eravamo, due sono in galera, tre sono morti e uno è diventato sottosegretario, il più stronzo di tutti. Quello che sta meglio sono io.»

«Cosa posso fare per ritrovare Sara?» gli domando. Credo sia la prima volta in vita mia che chiedo un consiglio a mio padre.

Rimane in silenzio qualche secondo prima di rispondere: «Aspettala. Lo deciderà lei se tornare. Mentre aspetti, per passare il tempo, puoi cercarla, ma non illuderti di trovarla. Decidono tutto loro, Arno, dovresti averlo capito, ormai».

L'ho capito, sì.

24

Ad Anghiari il cellulare prende solo sotto al noce, in mezzo al campo. Devo chiamare Massimo, non ci siamo più sentiti dal giorno che ho saputo della bambina nel crepaccio. Appena arrivo al noce trillano tre messaggi, uno è di Rino in segreteria e gli altri due di Alice. Alice prima ha scritto: "Forse trovata!", e dopo un'ora: "Chiamami tu ho finito il credito!". Alice esonda punti esclamativi, ma il solo ricevere un suo messaggio mi fa sentir meglio. Ha trovato Lucetta?

La chiamo subito e risponde in mezzo a un frastuono di sirene. È domenica, sarà di turno sull'ambulanza. Infatti grida: «Ho cercato tutte le Lucette di trent'anni, e niente. Poi ne ho trovata una di ventinove nata a Pisa!».

«Dove sta adesso?»

«Fa il medico in provincia di Trento.»

Anche lei a Trento! Come suor Paola. Non ho mai avuto a che fare col Trentino in vita mia e adesso...

«Ma si chiama Consani?»

«Consani Migliore, si sarà sposata...»

Cercherò questa dottoressa Lucetta Migliore. Una luce migliore è quel che mi servirebbe, in questi giorni.

«C'è la mail? Il telefono?»

«No, però c'è scritto dove lavora, è una casa di cura, ti mando il numero con un sms dal telefono del mio collega... Ora vado, saluta i bambini! Ciao, Arno» urla dentro ai rumori del traffico milanese. Sento una fitta di nostalgia. Dopo quarantotto ore Milano già mi manca. Mentre aspetto il numero ascolto il messaggio di Rino. Ha un tono infervorato: «Arno, mi ha appena chiamato Marta, mia cognata, ha detto di scusarla se ti ha risposto male, dice che è morto suo marito un mese fa, non me lo aveva neanche detto, figurati. Comunque dice di richiamarla quando vuoi, ciao, Arno, salutami i bambini...».

Due piste, improvvisamente. Quella di Firenze è la più vicina. Marta Bonfanti non mi aveva risposto male. Aveva solo detto che preferiva non vedermi, e nessuno più di me può capirla, neanch'io amo i fantasmi che sbucano dal passato. I lontanissimi parenti che chiamano di punto in bianco e dicono: "Sono dalle tue parti, passo di lì" mi terrorizzano. Non mi è mai capitato perché i miei parenti tedeschi sono tutti morti e Guelfo è figlio unico, ma se mi cercasse uno che dice di essere il marito mai conosciuto di una nipote che non vedo da vent'anni credo che risponderei esattamente come lei, se mi concedessi di essere sincero: "Preferirei di no". Mi piacciono le persone sincere, e Marta Bonfanti mi è istintivamente simpatica.

La richiamo subito e anche questa volta risponde dopo quattro squilli: «Marta Bonfanti». La imito e dico: «Arno Cange», e lei, come se mi conoscesse: «Arno caro, scusami per l'altro giorno. Sono un po' confusa in questo periodo. Quando vuoi venire a trovarmi?». Provo a buttarmi: «Anche subito se lei può, domani devo tornare a Milano ma oggi sono vicino ad Arezzo, potrei essere da lei tra un'ora e mezzo, verso le cinque...». La sento esitare, poi: «Ti aspetto, però dammi del tu, per favore. Abito a Bellosguardo, all'inizio di via San Carlo, la prima casa a sinistra, conosci Firenze?».

La conosco, e rispondo in fretta prima di riattaccare: «Sono lì alle cinque, grazie mille».

Cerco Guelfo per chiedergli se mi dà un passaggio in stazione con lo Scassone ma sta dormendo, dice Klara, che si offre di accompagnarmi. I ragazzi giocano con Mao e non si curano nemmeno di sapere dove vado, tanto sono contenti di rimanere un altro giorno dai nonni. Gli ho detto che partiamo domattina e salteranno la scuola: Elia e Carlo si sono dati il cinque dicendo «forte!», Maria non ha detto niente ma ha subito mandato un messaggio col telefonino.

Chiedo a Klara cosa posso portare alla zia di Sara e lei mi dà una bottiglia d'olio chiedendo: «Quale zia?». Klara non è come Rino e Guelfo: lei preferisce sapere tutto, non per curiosità, ma per cura e interesse verso gli altri.

«Ti racconto in macchina» le dico. Ma in macchina ho intenzione di chiederle altro.

Guida lei, per fortuna. Non so se saprei governare ancora lo Scassone, anche se ci ho imparato a guidare più di venticinque anni fa. Lo Scassone è magico: era già vecchio allora, quanti anni avrà adesso? Però funziona, e a questo punto è diventato un veicolo elegante. Klara si infila degli occhialetti tondi di metallo, per guidare: ha l'aria più tedesca che mai.

Ha i capelli grigi, il viso disteso e un po' di doppio mento, da quando è ingrassata. Porta blue jeans scoloriti e una larga camicia a quadri. Dimostra dieci anni di meno. Glielo dico. «Soltanto dieci?» risponde. E subito dopo: «Come stai? Come te la cavi a Milano?».

Meno male, almeno mia madre mi chiede come sto. «Un po' meglio da quando ho deciso di cercarla» rispondo.

«E cosa pensi di fare?» mi chiede.

«Seguo tutti gli indizi che ho. Tu, per esempio, da quando non la senti?»

Come mi aveva fatto capire Guelfo, Klara non sa mentire, ma non vuole parlare.

«Non te lo posso dire. Abbiamo convenuto che è meglio se per ora non sai dov'è.»

«*Abbiamo*, chi?» mi altero. Lo sa. Mia madre sa dove si nasconde Sara e non me lo dice, è d'accordo con lei.

«Arno, Sara da ragazza non è stata bene e sta cercando di non ammalarsi di nuovo. Ha capito che per uscirne stavolta deve stare lontano da te» dice Klara guidando lentamente. Ha un'espressione seria e testarda. Conosco quest'espressione. Non mi dirà niente, ma ci provo lo stesso.

«Perché da me, scusa?»

«Perché è la vita che fa con te a renderla infelice.»

Anche lei. I miei genitori sono dalla mia parte, vedo.

«Senti, Klara, ma che storia è questa? Litigavamo come tutte le coppie, anzi molto meno, io... non l'ho mai tradita, ci sono sempre stato...» non posso fare a meno di dire.

«Sei sicuro?» mi interrompe voltandosi a guardarmi.

«Se sono sicuro di non averla mai tradita? Eccome.»

«No, di esserci sempre stato.»

Non sono sicuro, non più.

«Ho fatto quello che ho potuto» ammetto. «Non mi intendo di depressioni e queste cose qui, ma l'ho sempre amata, e tu lo sai bene. Quindi sai dov'è?» incalzo.

«Non te lo posso dire.»

«Non ti ho chiesto di dirmi dov'è, ma di dirmi se lo sai.»

«Non ti posso rispondere e non chiedermelo.»

«Sei proprio una... crucca, cazzo!» sbotto.

Klara sbuffa: «E ne sono fiera».

«Dimmi solo se sta bene.» A questo non può non rispondere.

«Credo che... stia cercando di stare bene, con tutte le sue forze. Ma non chiedermi altro.»

«Mamma...» mi esce, «aiutami.» Non la chiamo mai "mamma". «Dimmi cosa devo fare.»

Klara mi accarezza un ginocchio.

«Quello che stai facendo. Cerca di capirla. Aspettala.»

«E i ragazzi?»

«Loro sono tranquilli, Arno.»

«Ma la vedono? Ci parla con loro? Sanno qualcosa? Sono l'unico che non sa niente?»

«Non te lo posso dire.»

«Dimmi soltanto una cosa.»

«Ancora? Ti ho detto che non posso.»

Stiamo arrivando alla stazione. Il regionale per Firenze parte tra sette minuti.

«Tornerà?»

«Ricordati di prendere l'olio, siamo arrivati.»

«E quindi? Tornerà?»

«Non lo so, Arno. Non so se tornerà.»

25

Alla fine ho dimenticato l'olio nel bagagliaio dello Scassone e sono a mani vuote. Quando Klara mi ha detto che non sapeva se Sara sarebbe tornata, sono salito sul regionale per Firenze e mi sono accasciato su un sedile. Avevo bisogno di rimanere solo a pensare.

Hanno cambiato i sedili, ora sono di plastica blu elettrico, ma i vagoni sono gli stessi di quando andavo al conservatorio e prendevo ogni mattina il diretto delle sette. Come facevo ad alzarmi alle sei? E Guelfo, che mi accompagnava in stazione quando Klara era via, come faceva? Gli anni del conservatorio stanno dentro una bolla di esercizi, spartiti, esami, giornate passate a suonare. Eppure non faticavo, mi piaceva.

Questo treno familiare, sporco e scalcagnato, mi ha calmato: tutto resta, niente va perduto. Sono rimasto un'ora a guardare dal finestrino il paesaggio che non ho mai amato sfilarmi sotto gli occhi. Prima la brutta periferia di Arezzo, poi la campagna poco amabile di queste parti, mezze colline, mezzi pascoli, mezzi boschi, mezzo di tutto. Il treno ha fischiato a un gregge di pecore che non hanno alzato la testa e a un cane nero che correva in un campo.

Da Santa Maria Novella ho preso un taxi fino a Bellosguardo. Ci abitava una che faceva il conservatorio con me, Violetta, da quanti anni non pensavo a lei. Era carina, ma aveva una brutta pelle. Non si è mai diplomata, era brava col violino ma non aveva voglia di studiare. Una volta l'avevo accompagnata a casa, stava in una villa rinascimentale col giardino, proprio in questa via, e ci eravamo baciati sotto a un tiglio. Aveva le tette grosse, il sedere tondo e un po' basso, rideva sempre. Mi piaceva.

Bellosguardo è una delle zone più belle di Firenze: su una collinetta, senza turisti, un posto tranquillo. Di fianco al cancello della prima casa, su una targa di bronzo, c'è scritto "Dott. Bonfanti". Suono. «Entra nel cortile e prendi le scalette a sinistra» dice la voce profonda.

Marta Bonfanti è vestita con dei leggings grigi tipo quelli che porta Maria, ballerine e una morbida maglia grigia che le arriva a metà coscia, sembra una ragazza. Mi aspettavo un'ingioiellata matrona fiorentina, mi apre la porta una figura esile e pallida, senza trucco, coi capelli lisci e corti tinti di biondo chiaro, tirati all'indietro.

La zia di Sara è segnata in viso ma ha il fisico di Sara tra vent'anni: fianchi e busto magri, gambe rinsecchite dall'età. Ricordo l'amazzone che fumava sigarette bianche e guidava un maggiolone bianco cabriolet, trent'anni fa. Marta era una delle bellezze del Bagno Vela, percorreva la passerella con grandi borse di paglia, zoccoli col tacco alto, parei con le frange avvolti in vita, parlando e ridendo a voce alta.

La voce è ancora bella. Roca, da attrice. Parla come Claudia Cardinale e un po' le somiglia, una Cardinale chiara e pallida.

«Non sono ancora uscita di casa dopo il funerale di Giorgio, non t'impressionare. Vieni che provo a prepararti un tè.»

Mi tratta come se non ci vedessimo da ieri e io avessi ancora quindici anni. Attraversiamo stanze e stanzette piene di divani, cuscini, bei tappeti orientali, quadri, soprammobili e fotografie incorniciate fino a una cucina accogliente, ingombra di medicine. Ci sono piccoli flaconi dappertutto: dentro un grande vassoio, sopra la credenza di legno, sul tavolo, vicino all'acquaio, sugli scaffali.

«Quando si è ammalato lui, mi sono ammalata anch'io» dice, facendo un gesto con la mano come per giustificare i farmaci. «Lui aveva vent'anni più di me, e se n'è già andato. Ma è solo questione di tempo. Siamo tutti di passaggio, caro Arno...» Non sembra depressa, sembra una donna consapevole di aver avuto quel che voleva dalla vita e che ora aspetta la fine con stile, vestita e calzata comodamente.

Riempie d'acqua un bollitore, prende una teiera inglese, due tazze, cucchiaini d'argento e dice: «Oggi tè nero, faccio una follia». Poi ride come se avesse detto "oggi champagne!". Ha un modo di fare schietto ma femminile, affascinante: sembra una danzatrice parigina, non la vedova di un veterinario di Firenze.

Mi versa nella tazza un tè profumatissimo dicendo: «Questo è il mio preferito, sa di caramella mou». E poi: «Rino mi ha detto che è scomparsa ancora», e mi guarda in faccia con aria maliziosa.

Seduto al tavolo della sua cucina non mi sento fuori posto. Le rispondo senza formalità: «Come, *ancora*?».

Questa donna è mia zia, anche se non l'ho mai frequentata, la sorella minore della nonna dei miei figli. Eppure mi sembra di bere il tè con un'amante invecchiata, forse perché la ricordo benissimo in tacchi e bikini. Era sexy, e mi viene in mente di essermi masturbato più di una volta, pensando a lei.

«Da ragazza spariva sempre, non te l'ha detto Rino? Mia sorella ci impazziva, povera Mina.»

«Me l'ha detto, e mi ha detto anche che Mina non era tanto affettuosa con Sara.»

«Ti ha detto così? Non saprei. Forse è vero. Mina non era affettuosa con nessuno. Lo sai che mi ha allevata lei? Aveva solo sei anni più di me ma mi preparava da mangiare, mi veniva a prendere a scuola... Nostra madre dava lezioni di pianoforte a domicilio e non c'era mai.»

«Rino mi ha raccontato qualcosa del genere.»

«Che Sara era una puttanella lo sai?» dice, con un grazioso sorriso.

«Scusi?» Oddio, questa è matta.

Ride. «Era deliziosa. Io ero molto affezionata a lei. Poi, sai, la zia più giovane, senza figli, che ha sposato un uomo benestante... La invitavo sempre da noi. A Firenze, al mare... E lei ha cercato di fregarmi il marito.»

«Ma cosa dice? Aveva tredici anni, era una bambina.»

«Sì, una bambina puttana. Arno, non ho interesse a mentirti, non ho nulla contro Sara, era una ragazza adorabile. E neanche contro le puttanelle, anzi, lo ero anch'io da ragazza. Mi sono messa con mio marito che avevo diciott'anni e lui quaranta, lo sapevo che gli piacevano le ragazze giovani. Ma Sara lo provocava. Girava nuda per casa, gli si buttava addosso... era... molto precoce. Giorgio non era un santo ma nemmeno un pedofilo: mi ha chiesto lui di non invitarla più. Lo turbava. Era carina, intelligente... ma lo sai anche tu, dài. Eri cotto di lei quell'estate.» Ridacchia in tono mondano, leggero.

Non so cosa dire né pensare. È vero che Sara era disinibita da ragazzina. Più di quando l'ho ritrovata. Ma che volesse sedurre suo zio...

«Ti sembro una bacchettona, io? Non lo sono. Mi sono innamorata di Giorgio che avevo quindici anni, ho fatto pazzie per stare con lui, me li ricordo bene gli ormoni a quell'età. Io poi, però, l'ho amato tutta la vita. Fino a un mese fa. Vuoi un'altra tazza di tè? Buono, vero?»

Cosa vuole dirmi? Che invece a me Sara mi ha lasciato come un fesso? Forse Marta prende qualche medicina... sembra ubriaca, ecco cosa sembra. Priva di inibizioni come quando si beve. Ma non ha bevuto.

«Come mai le ha trovato lavoro a Milano, se avevate interrotto i rapporti?» le chiedo.

«Se mi dai ancora del "lei" ti butto fuori» dice con un piccolo sorriso.

Ha l'aria di essere capace di farlo.

«Giorgio e io siamo sempre stati affezionati a lei... Non abbiamo figli, te l'ho detto? Giorgio decise che era meglio se Sara non girava troppo per casa, ma l'abbiamo sempre seguita, da lontano, fin quando ti ha sposato. Avevamo pensato che si fosse calmata. Avevo consigliato io a Mina di farle fare Architettura qui a Firenze, sai? È stata una sciocchezza iscriverla a Geometri, con la mano che aveva, ma mia sorella era così noiosa in queste cose, e sposare un elettrauto non l'ha aiutata, per quanto, Rino...» spettegola in tono allegro, come se chiacchierasse con una sua amica al bridge.

«Due o tre volte è passata da noi, dopo le lezioni all'università: sembrava un'altra persona. Non era più frizzante come quando l'hai conosciuta, a tredici anni. Si era... spenta. Secondo Giorgio, che era medico, prendeva qualcosa, qualche droga. A un certo punto è sparita per tre anni, Mina mi disse che era andata a lavorare in montagna e che stava bene. Poi è rientrata a Genova e ci ha cercati. Ci siamo incontrate, proprio qui, in questa cucina, un sabato. Piangeva. Diceva che aveva bisogno di un posto dove stare e di un lavoro. Ma era diversa. Non come quando si drogava o chissà cosa faceva, durante quei due anni balzani di Architettura. Era più... adulta. Ma angosciata. Sembrava che dovesse espiare qualcosa. Pensammo che si sentisse in colpa per i pasticci che aveva combinato da ragazza. Giorgio mi aveva spiegato che è un meccanismo classico, in chi ha avuto problemi di droga, quello di diventare moralisti, rigidi, schiavi del senso del dovere, l'opposto di quel che sono stati...» sproloquia con la sua bella voce da attrice.

«Non faceva più la puttanella, per niente! Era diventata seriosa. Le ho proposto un lavoro a Milano. Conoscevo la direttrice di un giornale di moda che aveva la casa vicino alla nostra, al mare. Si ricordava benissimo di Sara, di com'era sveglia e carina a tredici anni. L'ha presa a lavorare come aiutoredattrice. Il resto lo saprai, vi siete rimessi insieme in quegli anni, no? Credo che Sara abbia odiato quel lavoro più di ogni altra cosa.» Ride ancora.

Non capisco se è una donna molto cinica o molto infelice. O solo molto sincera.

«Da allora non ci ha mai più parlato. Deve essersi sentita rifiutata da noi, poverina. Non credo abbia mai capito le implicazioni di quel suo modo di essere... sfacciato di quando aveva tredici anni.

Di quel che un maschio adulto può provare se ti ci strusci in braccio senza mutande, come faceva con Giorgio...» commenta.

«Io ho una figlia di dodici anni che gira per casa nuda e mi si siede in braccio in maglietta, senza mutande. I bambini fanno così» le dico.

«Ah, che bravo, che difende la sua Sara!» gorgoglia. «Senti, Arno, che importanza ha? È passato un secolo e a me non cambia nulla. Ma nulla! Ho pensato che, se sei venuto fin qui, ti servisse sapere com'era, non che io ti dipingessi un santino, sai? Quel che voglio dirti è che... non so... io credo fosse una bomba, quella ragazzina... una bomba repressa. Non la sto giudicando, capisci? Dico che aveva una sensualità fuori dal comune, consapevole, che poi è appassita, per qualche motivo... e forse questo non le ha fatto bene, no? Tu che ne pensi? Il sesso è importante, non credi anche tu? Oh, che diamine, non sono mica una psicologa io!»

Si alza e va a prendersi una sigaretta e un accendino in un cassetto.

«Fuma ancora le Muratti?» le chiedo. Non riesco a darle del tu. È troppo affascinante.

«Magari!» ride. «Fumo queste terribili leggere, piccoline, vedi?» dice mostrando una sigaretta sottilissima.

«Ora vattene, caro. Vai.» Alza la voce, sedendosi al tavolo. «Non ti accompagno.»

Si mette un portacenere davanti, come se fosse il piatto per la cena. Appoggia il gomito sul tavolo, la mano sinistra sulla guancia e si mette a fissare il fumo della sigaretta come se io non ci fossi già più.

Esco dalla casa attraversando stanze piene di begli oggetti e ricordi di viaggi esotici. Come passano la bellezza fisica, l'amore sensuale. E cosa rimane?

26

La porta dello studio è aperta. Sta parlando al telefono, è seduta a una scrivania di ciliegio e dà le spalle a una grande finestra affacciata sul parco. Dietro di lei si intravedono alberi, aiuole e una fontana zampillante. La stanza è piccola, color ciclamino pallido: oltre alla scrivania c'è spazio solo per uno scaffale di legno scuro occupato da libri impilati alla rinfusa, un lettino da visita con un lenzuolo verde coperto da un altro lenzuolo di carta e una vetrinetta piena di medicinali e cartelle cliniche. La sedia davanti alla scrivania è uno scranno ottocentesco di legno imbottito di seta a righe verdi e gialle ed è il mobile più lussuoso della stanza.

Mi fa segno di sedermi e sorride mentre dice nel ricevitore: «È un bene che tossisca, non si preoccupi. Le faccia l'aerosol ancora due volte, oggi pomeriggio e stasera. E domattina ci risentiamo».

Nello scaffale di fianco alla scrivania, appoggiata a un vasetto contenente un'unica rosa gialla, c'è la fotografia in bianco e nero di un'elegante signora anziana dagli occhi così chiari da essere inquietanti.

Lei nota la direzione del mio sguardo e spiega: «È la dottoressa Ita Wegman, il braccio destro di Rudolf Steiner. Non è bello che il primo medico antroposofico sia stato una donna?».

Bello, sì, se sapessi cos'è la medicina antroposofica, ma non ho ancora avuto tempo e voglia di documentarmi. Quando ho telefonato al numero della casa di cura chiedendo della dottoressa Migliore, una ragazza gentile mi ha domandato se volevo prenotare una visita e mi è venuto istintivo dire di sì.

«Quanti giorni si ferma da noi?» ha chiesto, prendendomi di sorpresa.

«... Il minimo quant'è?» ho domandato. È rimasta qualche secondo in silenzio e ha detto: «Di solito una settimana. Lei quanto può fermarsi?». Non avevo preventivato di soggiornare a Roncegno Terme, ma ho buttato lì un: «Guardi, per stavolta non posso fermarmi più di tre giorni», e mi sono guadagnato un appuntamento con la dottoressa Migliore per la domenica successiva. In realtà, ho programmato di ripartire subito dopo la visita, che mi hanno fissato alle quattro del pomeriggio.

È stato facilissimo trovare la casa di cura, è l'edificio più grande di Roncegno: un grande albergo in stile belle époque circondato da un parco di piante secolari. Non mi dispiacerebbe restarci davvero tre giorni, se potessi. Mi sono vergognato di fare la commedia con l'anziano cameriere tunisino che mi accompagnava lungo un interminabile corridoio, fino a una stanza affacciata sul parco, magnificando le proprietà dei bagni con le acque di Levico.

C'è una bella atmosfera qui: in camera niente televisore né frigobar ma semplici mobili chiari, nelle sale un'atmosfera ovattata, schnitzleriana, appena malinconica. La casa di cura sembra un posto dove il tempo si è fermato cent'anni fa in un pigro pomeriggio assolato. Mentre attendevo l'ora della visita seduto in un salone vetrato, mi aspettavo di veder sbucare da un momento all'altro *Il dottor Gräsler, medico termale*, invece degli anziani tedeschi con le Crocs ai piedi o le signore avvolte in scialli colorati che ho osservato affaccendarsi attorno a un grande samovar di tisana.

Sullo scaffale dello studio, tra i libri accatastati, alcuni minerali e la statuetta di una divinità egizia, è appoggiato il disegno di un bambino: un grande albero pieno di frutti, e sotto la scritta: "Alla dottoressa Migliore, Lorenzo".

Mi aspettavo che fosse carina – Alex mi aveva detto che la sorella era una bella bambina – ma non così bella. Ha zigomi alti da indiana, capelli scuri annodati in una lunga treccia, naso leggermente aquilino e occhi azzurro scuro, profondi come non sono mai gli occhi azzurri. Dal camice aperto si intravede il seno fasciato da un maglioncino chiaro scollato a V. Anche se dalla scrivania sbucano le punte dei piedi calzate degli orrendi zoccoli bianchi che indossano medici e infermieri, Lucetta Migliore è una donna molto attraente.

«Si sieda pure» mi ripete. Prende un blocco di carta e una penna stilografica e comincia a scrivere la data di oggi, il mio nome, dove e quando sono nato. Poi mi chiede come mi sento.

«Così così» rispondo. «Molto stanco.»

«È venuto nel posto giusto, qui le persone riprendono contatto con se stesse, si ricaricano. Malattie importanti?» chiede, senza smettere di scrivere sul foglio con una grafia minuscola.

«Nessuna, varicella da piccolo, cose così.»

«Malattie esantematiche, certo. È stato allattato al seno?»

«Credo di sì. Non penso che i miei avessero i soldi per il latte artificiale, da giovani.» Lei alza un sopracciglio e mi lancia un'occhiata: «Meglio così. Parto naturale?».

«Sì, credo di sì.»

«Ricorda se quando era piccolo soffriva di una malattia ricorrente?»

«Non me lo ricordo, ma direi di no...»

«Operazioni?»

«Nessuna.»

«I suoi genitori sono vivi?»

«Vivissimi, non hanno ancora settant'anni. In gran forma.»

«Bene. Loro hanno mai avuto malattie o operazioni importanti?»

«Non direi, no. A parte il fatto che mia madre è scampata a una strage quando aveva due settimane, poi è sempre stata bene.»

Rimane con la stilografica a mezz'aria: «Mi racconti».

«Fu durante il bombardamento di Amburgo, nell'estate del Quarantatré. Gli aerei inglesi incenerirono cinquantamila persone e là sotto c'era anche mia nonna, che aveva partorito da due settimane. Mia madre è viva per miracolo, come si suol dire.»

«E il nonno?» chiede, aggrottando lievemente la fronte.

Non ho mai incontrato un medico così interessato alla mia famiglia.

«Il nonno si è salvato perché era fuori città. Ha ritrovato mia madre che strillava e l'ha portata su un'isoletta del Mare del Nord, da sua madre, dov'è felicemente cresciuta.»

«Che karma... interessante» dice. «E come sta ora sua madre?»

«Benissimo, mi sembra.»

«Quindi lei è tedesco?»

«Solo da parte di madre, mio padre è di Arezzo... veramente è nato a Viareggio, ma lui si ritiene aretino... suo padre lo era...»

«Nonni paterni?»

Ci sto prendendo gusto, a questo interrogatorio. «La nonna è morta a ottant'anni, il nonno a cinquantanove in un incidente stradale» rispondo.

«Che tipo di incidente?» chiede.

«Credo che l'abbiano investito mentre andava al lavoro. Era impiegato in banca. Mia nonna non ne parlava, probabilmente avrebbe preferito essere la vedova di un aviere abbattuto in volo che di un impiegato investito sulle strisce pedonali.»

«Quindi lei ha due morti tragiche nella sua genealogia...»

«Non ci avevo mai pensato.»

Ero più concentrato sulla morte tragica di sua sorella che su quella dei miei nonni, ma non so se sia già arrivato il momento di parlarne.

Scrive meticolosamente tutto quel che le ho raccontato, sottolineando alcune frasi. Porta una croce al collo, appesa a una catenina dorata. Di fianco al ritratto della dottoressa socia di Steiner tiene una cartolina con un angelo vestito da guerriero.

«Che angelo è?» chiedo, tanto per distogliere l'attenzione dai miei morti.

«San Michele Arcangelo, nel *Giudizio universale* di Buffalmacco. Bello eh?»

«Sì sì...» Niente da fare, non se ne esce.

«Sta mostrando agli altri arcangeli come smistare le anime di giusti e dannati... Si trova nel camposanto monumentale di Pisa, se le capita di andarci» aggiunge, mentre continua a scrivere nel suo blocco di appunti. «Lei mangia con appetito?»

«Non tanto. Sono goloso, ma in realtà da qualche mese appetito ne ho poco. Tendo a mangiare schifezze.»

Alza gli occhi dal foglio e mi sorride. «Schifezze dolci o schifezze salate?»

«Salate.»

«Che lavoro fa?»

«Suono il violoncello nell'orchestra della Scala.» Mi fa sempre piacere dirlo, la gente rimane impressionata.

Alza la testa e mi guarda. «Bene. Un lavoro artistico è di grande aiuto» dice, annuendo.

Faccio un piccolo inchino con la testa. Se sapesse che clima impiegatizio c'è in orchestra, altro che lavoro artistico...

«L'intestino come va?» domanda appoggiandosi la stilografica alle labbra.

«Insomma, così così.»

«Ogni quanto si libera?»

Cazzo, la prima volta che una donna mi intriga dopo Sara, mi tocca parlarci del mio intestino.

«Non saprei, ogni due o tre giorni, forse.»

«Feci composte o sciolte?» prosegue implacabile.

Ma che schifo. «Mmmh, credo composte.»

«Benissimo» si entusiasma. «E da quando si sente così stanco?»

«Da prima di Natale.»

«È successo qualcosa di particolare in quel periodo?»

«Direi di sì: mia moglie se n'è andata, lasciandomi con tre figli» sparo.

Non sembra sorpresa da questa notizia, mantiene un'espressione professionale e continua a prendere appunti.

«Crede che se ne sia andata per sempre o temporaneamente?»

«È quello che mi piacerebbe sapere. Mi ha scritto tre o quattro volte ma senza dirmi dov'è né quando torna.» Sospiro, un po' scocciato dalla sua imperturbabilità.

«Se si siede sul lettino le misuro la pressione e la visito» mi dice.

«Rimango vestito?»

Fa una faccia buffa: «Per ora sì».

Sta flirtando con me? Non capisco. Mi sento sottosopra: la dottoressa Lucetta Migliore mi piace, anche se dimostra molto più della sua età. Sembra coetanea di Sara, forse per i fili bianchi tra i capelli, o per lo sguardo maturo. Non è solo bella, ha dei modi seducenti. È intensa e attenta ma ironica, lieve. Non ho mai conosciuto una donna così, a parte Sara quando aveva tredici anni.

Si alza faticosamente dalla sedia appoggiandosi a una stampella e si avvicina al lettino trascinando la gamba sinistra. Non riesco a fare finta di niente, a quanto pare, perché mi guarda e si mette a ridere: «Sclerosi multipla. Ma la visiterò benissimo ugualmente, stia tranquillo». Sembra divertirsi: «Mi dia il braccio».

Sclerosi? Sono agitato, mi troverà la pressione alta. Mentre si china sopra di me la croce che ha al collo mi fa il solletico al viso e lei dice con aria maliziosa: «Cosa la turba? La stampella o la carezza di Cristo?».

E dopo un po': «Pressione a posto, cuore perfetto, niente di importante, signor Cange, è solo un po' scarico di energie, ma qui la ricarichiamo».

Torna zoppicando dietro alla scrivania e scrive per alcuni secondi. Intanto dice, senza guardarmi: «Immagino stia soffrendo per sua moglie».

«Eh, abbastanza» rispondo. Finalmente se n'è accorta.

«Quanto riesce a fermarsi da noi?»

«Non più di tre giorni, purtroppo.»

«Le servirebbero almeno due settimane. Ma tornerà. Intanto le prescrivo tre bagni con l'acqua di Levico, inalazioni, aerosol, massaggi, euritmia, percorso Kneipp... una bella cura intensiva. E le faccio fare delle iniezioni di Pruno», scrive, con aria soddisfatta.

«Pruno?»

«Pruno. *Prunus spinosa*, fiale. Stimola le forze vitali fisiologiche e aiuta a limitare l'attività catabolica e patogena del corpo astrale.»

Dio mio... attività catabolica? Corpo astrale? Ho sbagliato a non dirle tutto subito, ora come faccio? Glielo dico adesso, il motivo per cui sono venuto qui? Devo fare una faccia strana, perché mi chiede: «Tutto bene?».

Mormoro: «Non le ho detto una cosa importante e ora mi trovo a disagio».

«Mi dica pure tutto quello che vuole», sorride.

«È una cosa molto intima, che la riguarda, e in qualche modo riguarda anche me. Mi scusi se non l'ho detto subito, non sapevo come entrare nel discorso... Comunque è vero che sono stanco, non le ho raccontato niente di falso. Ho solo omesso il motivo principale che mi ha portato qui.»

Continua a sorridermi con lo sguardo. Sembra divertita, e sinceramente interessata a me. È davvero bella. Mi sorprendo a essere ipnotizzato dal suo sguardo, dal tono della sua voce, dai gesti che fa con le mani... A parte Sara, non mi ero mai sentito tanto attratto a prima vista da una donna come da questo medico con la stampella. In confronto l'attrazione per Asia, la mia collega arpista, è stata un prurito passeggero.

Si lascia andare contro lo schienale della sedia, avvita il cappuccio della stilografica e abbandona le mani in grembo come per invitarmi a parlare. E io parlo.

«Mia moglie era la ragazza che vi accompagnava nella passeggiata in montagna, quando sua sorella è scomparsa, vent'anni fa...»

Lei appoggia la penna sul tavolo. Per diversi secondi mi osserva in silenzio. Noto che le sue iridi azzurro-blu sono cerchiate di nero. Non ho mai visto degli occhi chiari così profondi. Si piega appena verso di me e dice a bassa voce: «Sa come si chiama il paese dove avevamo assistito alla messa di Natale? Quello dal quale stavamo rientrando al rifugio?».

«Non ne ho idea» confesso. Ma dove vuole arrivare?

«Si chiama Pruno. Come il preparato che le ho prescritto. Non si deve preoccupare, signor Cange: niente è un caso. I destini di noi tutti sono intrecciati, siamo tutti fratelli. Non dimentichi che sono un medico antroposofico: nulla mi scandalizza o stupisce, tutto mi interessa e mi riguarda. Cosa è venuto a chiedermi, di preciso?»

Meno male. Non si è arrabbiata. Anche se non ho ancora capito cosa sia l'antroposofia, pare che giochi a mio favore.

«Le dirò tutto: io... ho saputo da poco di quell'incidente... mia moglie non me ne aveva mai parlato... e ho pensato che, quando se n'è andata da casa, Sara poteva essere venuta a cercarla, per vedere come stava, sapere della sua famiglia...»

«Brillante intuizione» dice Lucetta Migliore, con uno sguardo sempre più seducente. Non avrei mai immaginato di poter desiderare una donna con le stampelle, ma mi sto eccitando.

«Quindi... posso chiederle se mia moglie l'ha cercata?»

«Certo che può chiedermelo. Lei può chiedermi tutto» risponde.

Se continua così le salto addosso.

«Allora glielo chiedo: ha sentito Sara Ferrando ultimamente?»

«Sì» mi risponde, «l'ho sentita.»

«Mi può dire quando, e cosa le ha detto?» Non mi sembra vero: avevo ragione! Sara l'ha cercata!

«È arrivata due giorni prima di Natale. Ha prenotato un soggiorno di una settimana e le ho fatto io la visita di ammissione, come a lei oggi. Però sua moglie mi ha detto subito quel che voleva dirmi, appena entrata qui.»

Ti pareva che Sara non fosse stata più brava di me. «E cosa voleva sapere?»

«Quel che ha immaginato lei. Come sto. Come stanno i miei fratelli e i miei genitori.»

«E... come stanno?»

«Vuole saperlo anche lei?»

«Sì, per favore.»

«Mio padre è morto cinque anni fa di un cancro ai polmoni. Mia madre sta abbastanza bene. È andata a vivere in campagna, tra Pisa e Lucca. Cura il giardino, ha sette arnie e fa il miele. Uno dei miei fratelli è ingegnere e vive in America, l'altro gestisce un agriturismo in Sicilia. Loro... stanno discretamente.»

«E lei?»

«Io, per quanto le possa sembrare strano, sto benissimo. La malattia è un'esperienza, così come la morte. Mi sono ammalata al secondo anno di Medicina, ma sono riuscita ugualmente a laurearmi e a fare tutto quello che dovevo. Volevo diventare un medico antroposofico e lo sono diventata. La mia malattia è lenta e degenerativa, ma ci convivo serenamente. Come con la scomparsa di mia sorella. Non è stato sempre così, non voglio minimizzare: è stato un percorso duro. Avevo tredici anni quando è successo e non ho avuto le mestruazioni fino a sedici. Non volevo crescere, forse non volevo vivere. E non escludo che la mia malattia sia legata a quel trauma. Ma oggi non sarei la persona che sono se Chiara non fosse scomparsa. L'ho accettato, e anche mia madre l'ha fatto, in qualche modo. Mio padre no, non c'è mai riuscito: da quel Natale è sempre stato infelice. E anche mio fratello ingegnere ha ancora del cammino da fare; invece l'altro fratello, Antonio, ha capito tante cose. Non siamo tutti uguali, signor Cange. Siamo tutti fratelli, ma ognuno ha il suo destino.»

«E Sara?»

«Anche Sara ha il suo destino.»

«Lei sa dov'è?»

«Abita qui a Roncegno, ma questa settimana non c'è. Credo sia andata al mare.»

«A Roncegno?» Vuol dire che sta qui? È rimasta qui? Sono sbalordito. L'ho trovata. Mi alzo in piedi.

«Sì, è rimasta a lavorare con noi. Segue i gruppi di pittura. Qui curiamo anche con l'arte: Sara è diventata amica di Francesca, l'insegnante di pittura, e l'ha sostituita quando Francesca è dovuta tornare a casa per un problema familiare. Sua moglie ha un gran talento per l'arteterapia.»

«Ma... e noi? E io, e i figli? Cosa fa, resta qui? Ma lei lo sapeva di noi?» balbetto. Non mi sembra vero di averla trovata. Ma – non capisco perché – adesso che so dov'è ho ancora più paura che non torni.

«Mi ha raccontato tutto a poco a poco: sono il suo medico. Ma oggi ho capito che lei era il marito solo quando mi ha detto che suona nell'orchestra della Scala...»

«Le ha detto che l'ho trascurata per il mio lavoro? Cosa le ha detto? Perché se n'è andata così?»

«Non posso dirle proprio tutto, signor Cange...»

«E adesso dov'è?»

«Davvero, non lo so. Forse è andata al mare. Ha preso una settimana di vacanze, da cinque mesi non staccava: qui si lavora sempre tranne la domenica, giornata degli arrivi e delle visite... Gli altri fanno rotazioni e turni, ma Sara non li ha mai chiesti. I gruppi di pittura si tengono mattina e pomeriggio, sono sei gruppi di un'ora ciascuno...»

Ho capito. L'ha avvertita Klara. Non può essere un caso se se n'è andata proprio ora che sono arrivato io. Non mi voleva incontrare. Lo dico alla dottoressa, che risponde: «È possibile, anche se non conosco i dettagli della sua partenza. Posso dirle che qui Sara sta bene, è stimata dai pazienti e da tutto il personale. È una donna speciale».

«Ma dei figli non parla?» Adesso ho alzato la voce. «Non le ha detto che ha tre figli piccoli? Non le mancano?»

«Guardi, Arno», mi sorride, «io penso che Sara pensi molto a tutto, addirittura troppo. Anche per questo le è successo di non stare bene, da ragazza e anche recentemente. Ma credo stia capendo che per amare meglio gli altri bisogna coltivare la propria vocazione. Quanto ai figli, Steiner diceva che l'importante è che la madre non li lasci mai per i primi sette anni di vita, e se non sbaglio i vostri sono tutti nel secondo settennio...»

«Cosa mi consiglia di fare?» le chiedo, sfinito.

«Faccia le iniezioni di Pruno. Rimanga qui tre giorni. Faccia i bagni, mangi, dorma, riposi. Vada a passeggiare nel parco. Si conceda tre giorni per sé. Poi torni a casa e vedrà che Sara, quando sarà pronta, le dirà cosa vuole fare.»

«Non credo di voler rimanere qui. Questo è il posto di Sara, non il mio.»

«E qual è il suo posto?»

«Milano, credo. Coi miei figli. E il teatro, con l'orchestra.»

La dottoressa Migliore mi scrive una ricetta e sotto aggiunge il suo numero di telefono e la sua mail.

«Se lo sente, è così. Però la faccia, questa cura di Pruno. E se ha bisogno, mi chiami. Quando vuole.»

Prendo la ricetta e la ringrazio. Mi alzo dalla sedia e mi dirigo verso la porta. Prima di uscire mi volto a guardarla. Mi sta osservando anche lei, con la testa un po' inclinata da una parte. Com'è bella.

«Perché si chiama Migliore, è sposata?» le chiedo.

«Lo ero, ma mio marito non era pronto a spingere una moglie in sedia a rotelle, che è quel che mi aspetta.» Sorride come se avesse detto una cosa molto spiritosa. Questa donna è un portento. «Però mi sono tenuta il cognome, mi piace essere Lucetta Migliore.»

«Ha fatto bene» le dico. «Se lo sente, è così. Arrivederci.»

«Ci vediamo, Arno» dice, alzando la mano per salutarmi.

Sembra che ci creda davvero.

27

Lettera di Arno a Sara

Ho capito che non tornerai, e hai ragione.

Vorrei sapessi quanto ti sono grato per quel che mi hai mostrato: il colore del rimorso, della pena, la gioia di averti, i miei limiti.

Il destino esiste, come dicevi tu: il nostro ci ha uniti, separati, riuniti, separati ancora... e adesso?

Ti ho raccontato il sogno che facevo da bambino? Non credo, non l'ho mai confidato neanche a Klara perché temevo lo riferisse a Guelfo e lui mi prendesse in giro. Sognavo di suonare davanti al re.

Avevo visto un'illustrazione in un libro e mi immaginavo, piccolo com'ero, vestito col frac, suonare in un quartetto d'archi di fronte al trono di un barbuto sovrano con scettro e corona. L'ho sognato per anni, a occhi aperti e chiusi, arricchendo ogni volta la favola di un dettaglio diverso – il re si alza e applaude il mio assolo, la corte ci lancia petali di rose, il ciambellano mi consegna un sacchetto pieno di smeraldi e rubini. Ridicolo, vero?

Però quel che sognavo si è avverato, ho suonato davanti a un re, un papa, un imperatore e parecchi presidenti. Viverlo non è come sognarlo: quando abbiamo suonato per il re di Norvegia avevo un gran mal di denti, la volta che è venuto il nostro presidente avevo litigato col primo violino, nel palazzo imperiale di Tokio eravamo certi che l'imperatore dormisse, tanto era immoto.

Le beghe sindacali del teatro le conosci, conosci le mie insofferenze, le invidie, i litigi, la noia di certi insiemi interminabili, i capricci dei cantanti, la pignoleria dell'ispettore, le incomprensioni coi direttori... Eppure, io sto facendo quello che sognavo da bambino.

E tu cosa sognavi? Solo di avere dei figli?

La dottoressa Migliore mi ha spiegato che i nostri ragazzi sono al sicuro perché in questi anni li hai protetti tu. Li hai fatti giocare, curati, nutriti, gli hai insegnato ciò che conta. Per questo, se vorrai tornare a vivere con loro, non te lo impedirò.

Ieri mi ha telefonato Massimo. Mi ha detto che sei andata da lui, mentre ero a Roncegno. Sai perché ho capito che tra noi è finita? Non perché ci sei andata, ma perché quando me l'ha detto non ho tremato, non ho pianto, non ho imprecato, anzi, ho pensato che avevi fatto bene. Io, che ho sempre fatto quello che volevo, chi sono per dire a un'altra persona cosa deve o non deve fare?

Per anni mi sono raccontato che nessuno poteva darti più di me, ma tu mi hai costretto a guardarmi dentro, e sai cosa ci ho trovato? Il mio strumento. La musica. Le emozioni che provo quando suono. Forse non diventerò mai un grande solista, ma la musica è il mio *daimon*, direbbe Massimo, il mio destino, diresti tu. Io, che sono più ignorante, ho sempre pensato che è quel che mi fa stare bene. In fondo, volevo soltanto una ragazza che mi dormisse accanto mentre suonavo, ma hai sempre dormito così poco, tu.

E il tuo, di destino? L'hai fuggito a lungo, e ti è venuto a cercare. Il nostro destino siamo noi, direbbe la tua dottoressa Migliore. Grazie per avermela fatta conoscere, se davvero te ne andrai da Roncegno, come mi dice Rino, ci tornerò. Hanno una sala da musica pazzesca, fatta costruire dalla principessa Sissi, addirittura.

Mentre uscivo stordito dallo studio di Lucetta, ho sentito un duo di viola e pianoforte provare la sonata dell'Arpeggione di Schubert per il concerto della sera: c'era un'acustica perfetta.

Forse ho capito in quel momento cosa mi salva, per cosa vivo, cosa è davvero importante per me. A dire il vero l'ho sempre saputo, ma non immaginavo quanto. In questi mesi in cui ho saltato tournée e concerti per stare coi bambini e per cercarti ero scarico come un vampiro senza sangue.

Rino mi ha detto che hai visto una casa a Nervi. Se ti trasferissi a Genova coi ragazzi sarei contento, potrei venire a trovarli in due ore e loro potrebbero venire in treno da me quando vogliono. Ci vedremmo spesso. Carlo ed Elia starebbero bene a Genova, lo so. Sono persone di mare, come te. Maria non so. Se preferisse restare a Milano, o raggiungermi quando farà il liceo, la lasceresti venire? Perché io rimango qui.

Credevo che la mia casa fossi tu, ma mi hai fatto capire che il mio posto è un altro. Non sono l'uomo che avrei desiderato essere. Volevo diventare un padre e un marito diverso da Guelfo e ho scoperto di essere peggiore di lui, che è stato un padre distratto ma il miglior marito del mondo. È don Ottavio, in meglio: "Al desio di chi t'adora ceder deve un fido amor". Io non sono così. Non posso dividerti con nessuno e non posso più accettare la tua infelicità, i tuoi dubbi. Non più, ora che ho incontrato il tuo passato.

Non soffro. È strano, passata la rabbia, non soffro più. Ecco perché nessuno mi consolava, perché non soffrivo! Ero solo arrabbiato. Questo però significa qualcosa: che non ti amo abbastanza. Avevi ragione tu anche in questo, posso vivere senza di te ma non posso vivere senza suonare.

In questi mesi ho pensato tante cose. Ho capito di aver fatto degli errori, ma non poi così tanti. Ti ho dato tutto quello che potevo, e il fatto che non fosse abbastanza non significa sia stato poco. Senza di me forse troverai chi sappia amarti come volevi. Forse l'hai già trovato.

Mi sono chiesto: se tu e Massimo starete insieme potremmo essere ancora amici come un tempo? Non so rispondere adesso, ma sai quanto lo stimi, quanto gli voglia bene. In fondo meglio lui, vicino a te, che un altro. Non mi avete tradito. Ci hai messo due settenni, direbbe la dottoressa Migliore, per lasciarti andare a quello che sentivi. Provo a immaginare Massimo vicino a Maria, a Carlo, a Elia, e li sento al sicuro. Non credo proverei la stessa cosa, sapendoli con un altro.

Non ci avevo mai riflettuto ma forse, se in tutti questi anni Massimo non si è mai sposato, è perché anche lui stava aspettando te. Anzi, più ci penso e più credo che siate fatti l'uno per l'altra. Amate le stesse cose: le profondità, la natura, il mare. Cose che a me, dopo un po', annoiano. Hai sempre detto di sentirti sarda, se vi sposerete lo diventerai davvero.

Basta, non voglio influenzarti, l'ho già fatto abbastanza. Saprai tu cosa fare.

Mi credi se ti ringrazio per il coraggio che hai avuto?

Se sono diventato un uomo, se non sono soltanto un musicista vanitoso, io lo devo a te.

Suono anche meglio da quando te ne sei andata.

Me l'ha detto ieri il direttore d'orchestra, non certo per consolarmi, non è il tipo.

«Ha sentito finalmente il dolore, professore?» mi ha chiesto, col suo buffo accento, dopo la recita. Per la prima volta, terminata l'esecuzione, mi ha stretto la mano. Pare che io abbia suonato il miglior assolo di sempre.

Ho sentito il dolore, sì, e l'ho messo in quello che amo.

Ti lascio andare, adesso.

Ringraziamenti

Grazie a Franco Grazioli, che ha disegnato il violoncello-isola a cui è ispirata la copertina, a Elena Faccani e Massimo Polidori per la partecipazione sensibile e intensa, a Stefania Opisso, che mi ha portata in Vespa sulle alture di Genova e a Sergio Botti per i suoi racconti.

Ringrazio Sonja Ongaro, Elio D'Annunzio, Massimo Palitta, Marcello Chessa, Cristiana Mastropietro, Monica Malavasi e Tritone per avermi presentato il loro *genius loci*. Grazie a Severino per tutto. E a Marilena, Giulia, Carla, Renata e Laura, complici appassionate. Grazie, suor Chiara.

Luca, Donatella, Alessandra, Adriano, Annalena, Emilia, Ludovico: grazie.

Non credo agli angeli, ma dal dieci maggio ne incontro ogni giorno uno biondo con gli occhi azzurri. Gli ho dedicato questa storia.

Gli episodi della vita di Dino Campana sono tratti da: Sebastiano Vassalli, *La notte della cometa*, nuova edizione con il racconto *Natale a Marradi*, Torino, Einaudi, 2010.

«L'acustica perfetta»
di Daria Bignardi
Edizione speciale Mondadori
Arnoldo Mondadori Editore

Questo volume è stato stampato
presso ELCOGRAF S.p.A.
Stabilimento - Cles (TN)
Stampato in Italia. Printed in Italy